Para los creyentes...

E-Z DICKENS SUPERHÉROE LIBRO TRES
SALA ROJA

Cathy McGough

Stratford Living Publishing

Tabla de contenidos

"Un héroe es un individuo corriente que encuentra la fuerza para perseverar y aguantar a pesar de los obstáculos abrumadores".

Christopher Reeve

PROLOGO

Habían pasado dos años, y era el primero de diciembre, el decimoquinto cumpleaños de E-Z. Aunque fuera hacía un frío que pelaba, y los copos de nieve arreciaban a su alrededor, él y su familia y amigos se empeñaron en celebrar su fiesta al aire libre, donde prepararon una hoguera para calentarse y una barbacoa.

Ahora que Samantha y Sam se habían casado, la casa de los Dickens estaba aún más ocupada. Nunca había un momento aburrido cuando los amigos los visitaban.

La boda de Sam y Samantha había sido una ceremonia pequeña, celebrada en el Registro Civil. Lia había sido la dama de honor, E-Z el padrino y Alfred, el cisne trompetista, el portador de los anillos.

Lia se había burlado de Alfred porque iba vestido con una pajarita azul marino y nada más. Alfred no se inmutó por esta atención, pues sabía que estaba en buena compañía con otras personas, como antiguos primeros ministros británicos.

"Si el gran Winston Churchill pensaba que una pajarita era suficiente para él, ¡entonces es suficiente para mí! dijo Alfred.

"También fumaba un puro bien gordo". dijo E-Z. "Espero que tú no empieces a fumarte uno también". se rió Lia.

"¡Los filetes están listos!" llamó Sam. "Si te gustan poco hechos ven a por ellos ahora".

Sólo Samantha se acercó con el plato preparado. "A tu hijo hoy le apetece poco hecho", dijo dándose palmaditas en la barriga.

"Lo que mi hijo quiere, lo consigue", dijo Sam, poniendo un filete en el plato de su mujer. Hurgó en el centro mientras su marido le añadía una patata asada y unas hebras de espárragos.

Samantha mordisqueó los espárragos mientras se dirigía a la mesa de picnic. Había planeado el cumpleaños de E-Z al dedillo y había dedicado mucho tiempo a decorar la mesa con artículos temáticos de Feliz Cumpleaños. Se sentó y cortó su patata asada por la mitad, luego le añadió nata agria, cebollino, mantequilla y unos toques de sal.

E-Z, Lia, Alfred, PJ y Arden se quedaron quietos porque hacía más calor cerca de la hoguera, sobre todo. Al Tío Sam no le gustaba que la gente merodeara cuando él se ocupaba de la barbacoa, así que se mantuvieron alejados de él. Además, a todos les gustaban las estacas bien hechas y también les daba la oportunidad de charlar a solas y ponerse al día.

"¿Qué te parece nuestra página web de Superhéroes?". preguntó E-Z.

PJ y Arden se miraron y luego se encogieron de hombros.

"Venga", dijo E-Z. "¿Qué pensáis realmente? Sé que habéis echado un vistazo al sitio, porque el tío Sam me ayudó a consultar los datos. No tenía ni idea de que pudiéramos averiguar tanta información, como quién visita nuestro sitio, cuánto tiempo permanece, qué mira. Y reconocí vuestras direcciones IP. Dime qué te parece".

"¿Toda la verdad? ¿Sin tapujos?" preguntó PJ.

"¿La verdad brutal?" añadió Arden.

"Sí", insistió E-Z. Bajó la voz hasta un susurro. "El Tío Sam hizo un trabajo excelente. Aun así, no nos estamos dirigiendo al público adecuado, ya que apenas recibimos tráfico. Aparte de vosotros dos y de una dirección IP situada en Francia, apenas hemos recibido visitas.

"Unas pocas personas, como tú, han vuelto y echado un vistazo al sitio unas cuantas veces, pero no se quedan mucho tiempo. El Tío Sam sugirió que tal vez deberíamos empezar un boletín, hacer que la gente se suscriba y enviarles actualizaciones, pero no sé. Hoy en día todo el mundo hace boletines y parece mucho trabajo. El tío Sam me ha enseñado que se ha apuntado a unos cincuenta.

"En cuanto a las peticiones de ayuda -que es la razón por la que creamos un sitio web-, hasta ahora sólo nos han pedido que hagamos cosas de las que se ocupan los funcionarios locales, como la policía y los bomberos. No me gusta la idea de que nos apresuremos a salvar a un gato subido a un árbol y que los bomberos aparezcan a toda pastilla para hacer el mismo trabajo. Es ineficaz para ellos y para nosotros. Y es vergonzoso cuando aparecen justo cuando estamos terminando. Su tiempo es valioso: salvan vidas todos los días. Es una falta de respeto, ¿me entiendes? Salvan vidas y están de guardia las veinticuatro horas del día.

"Creo que necesitamos que las solicitudes estén fuera de su ámbito, para no hacerles perder el tiempo ni dificultarles el trabajo más de lo que ya lo hacen. Perdón por un discurso tan prolijo, pero, cuando pienso en todo lo que hicieron, después del accidente con mis padres...".

PJ y Arden se acercaron y susurraron. No querían herir los sentimientos de Sam -después de todo, no eran expertos- ni correr el riesgo de que les oyera y les quemara los filetes hasta dejarlos crujientes.

"Eh, te entendemos perfectamente", dijo PJ. "Además, la policía y los bomberos son servicios esenciales, y les pagan por salvar a la gente. Mientras que vosotros sois voluntarios".

"Así que su página web y su presencia en las redes sociales es distinta de la vuestra", dijo Arden. "Y tienen mucho personal, a muchos niveles, para mantenerlo y tenerlo todo actualizado".

"Mientras que tu sitio web, necesita algo más de superhéroe -si es que eso es una palabra- y menos Corporativo. Como las leyendas, aquellos a cuyos pasos sigues. Mira algunos de los sitios web que se han creado para ellos, y son personajes de ficción. Imagina lo que podríamos hacer si siguiéramos su ejemplo", dijo Arden.

"¿Como qué? Sé que tenéis algunas ideas, así que compartidlas", dijo E-Z.

"Bueno, como ya te habrás imaginado, hicimos una lluvia de ideas entre los dos. Y hemos creado un sitio web de prueba -no está activo y no lo estará hasta que lo apruebes- de cómo podría ser tu sitio. Está en mi teléfono. Mira y verás lo que queremos decir y piensa en las posibilidades, ya que lo hicimos con bastante rapidez". PJ pulsó empezar. Los Tres se inclinaron hacia él.

En la pantalla aparecieron primero las palabras: "Bienvenido al sitio web de superhéroes de Los Tres". Luego se acercó a E-Z en forma animada. Estaba sentado en su silla de ruedas, como era de esperar, con una camiseta negra, vaqueros azules y un par de zapatillas de correr.

E-Z se dio una palmada en el pelo al ver cómo le quedaba el mechón negro en medio del pelo rubio. Nunca podría acostumbrarse a ello.

"¿Qué es eso, en mi camiseta, vaqueros y zapatillas? ¿Es un logotipo? ¿Y cómo me has convertido en un dibujo animado?"

"Sí, es un logotipo. Pensamos que el ala de ángel era chula y apropiada", dijo Arden.

"Usamos una aplicación para convertirte en un dibujo animado", dijo PJ. "Hicimos algunos retoques, en tus brazos. Espero que no nos hayamos pasado".

E-Z's miró más de cerca cómo la versión animada de sí mismo cruzaba los brazos. Ahora sus antebrazos, bastante más voluminosos, llamaron su atención y sus mejillas se sonrojaron. Parecía un marica, un farsante. ¿De verdad pensaban sus amigos que estaba más guapo así? Se encogió al ver aparecer las alas de E-Z en la pantalla. Planeó en el aire y señaló.

Esta fue la primera presentación de Lia. Llegó también en forma animada. Lia iba vestida de pies a cabeza con un mono morado con tutú. Llevaba el pelo rubio recogido en una coleta y sobre los ojos llevaba unas gafas de sol moradas. Parecía saltarina, simpática y mona mientras caminaba por la pantalla. Se giró y se detuvo, como una modelo en una pasarela, e hizo una pose.

E-Z se burló sin poder evitarlo.

"¡Bueno, al menos no parezco una poser con músculos falsos!", dijo ella.

E-Z no hizo ningún comentario.

Lia animada extendió los brazos hacia delante, con las palmas hacia el suelo. Entonces, voilá, les dio la vuelta. El ojo izquierdo de la palma se abrió, seguido del derecho. Parpadearon sincronizadamente. Lia mantuvo la postura y silbó entre los dedos.

"Ojalá pudiera hacer eso de verdad", dijo, tratando de imitar a la versión animada de sí misma.

E-Z silbó.

"Presume", dijo ella, dándole un codazo.

Ahora apareció en la pantalla la Pequeña Dorrit. Era elegante y femenina, y tan blanca como la nieve. La unicornio voló hacia Lia, aterrizó y bajó la cabeza para que la niña pudiera acariciarla. Lia se subió y la Pequeña Dorrit voló junto a E-Z. Revolotearon y giraron la cabeza.

Era la señal de Alfred. En forma de dibujo animado, su pico naranja brillante parecía brillar a la luz. Contrastaba directamente con su pajarita roja como una manzana de caramelo. Mientras caminaba hacia Lia y E-Z, sus pies palmeados chirriaron como si fueran ventosas.

"Mis pies no hacen ese ruido". dijo Alfred.

"Eh, también lo hacen", dijo E-Z con una sonrisa burlona, mientras Alfred en pantalla desplegaba las alas y volaba hacia el lado de sus dos camaradas.

Los Tres posaron. E-Z estaba en el centro mirando con Lia a la izquierda, Alfred a la derecha. Entonces ocurrió. Los Tres, bueno, Lia y E-Z levantaron los pulgares. Alfred, por su parte, hizo un gesto con las alas hacia arriba.

"Esto es vergonzoso", susurró E-Z a Alfred.

"¡No me digas!"

"Shhhh", dijo Lia cuando apareció la voz en off en la pantalla. Era la voz de Arden, pero su tono era más grave. Parecía el presentador de un concurso.

"Si necesitas un superhéroe... E-Z, Lia y Alfred -también conocidos como Los Tres- están a tu servicio veinticuatro horas al día, siete días a la semana. Llama al ***-***-**** o envía un mensaje a través de las redes sociales.

Cuando necesites que alguien te ayude... Llama a Los Tres. Estarán ahí para ti... inmediatamente. Puedes contar con ellos... porque son los mejores que verás. Veinticuatro horas al día, siete días a la semana... satisfacción garantizada".

"Y ahora, el gran final", dijo Arden.

Los Tres cruzaron los brazos sobre el pecho. Alfred plegó las alas.

"Eso no es posible", dijo Alfred.

"Shhhh", dijo Lia.

Con la barbilla hacia delante, uno tras otro, Los Tres hicieron una pose.

PJ hizo una pausa.

"Teniendo en cuenta lo que has dicho sobre las jurisdicciones, quizá tengamos que cambiar esta parte", dijo. Pulsó empezar.

"¡Ningún trabajo es demasiado grande o pequeño para nosotros!" dijo una versión informatizada de la voz de E-Z.

Luego, un círculo en el centro de la pantalla dio vueltas y vueltas, como el wi-fi intentando encontrar señal. Ahora la palabra ¡BAM! llenó la pantalla. Luego la palabra ¡SOCKO!

Vieron cómo E-Z rescataba a un gato que estaba atrapado en lo alto de un árbol.

"Oh, hermano", dijo.

La voz de su personaje animado continuó.

"Somos Los Tres

¡Estamos aquí por ti!

Gato atascado en un árbol...

Lo bajaremos por ti".

Se mostró a E-Z entregando el gato rescatado a una familia.

"Eh, eso nunca ocurrió", dijo.

"Nos tomamos una pequeña licencia poética", admitió Arden.

"Podemos arreglar cualquier cosa que no te guste", dijo PJ.

Ahora el círculo volvió a aparecer en la pantalla, dando vueltas y vueltas. Cuando se detuvo, la pantalla se llenó con la palabra ¡BANG! seguida de la palabra ¡ZIP!

En la pantalla, el animado E-Z rescató un avión lleno de pasajeros. Cuando bajó el avión, cientos de observadores que esperaban en la pista aplaudieron.

"Así me gusta más", dijo.

"Shhh", dijo Lia.

En la pantalla E-Z dijo,

"¡Porque somos tus amigos!

Nuestros servicios son gratuitos.

24/7

Porque somos Los Tres!"

Círculo de nuevo, dando vueltas y vueltas. Seguido de ¡BINGO! Y ¡BAM!

Ahora el rescate de la montaña rusa se recreaba en forma animada. Era muy bueno. Tan preciso que podían oler el algodón de azúcar y el caramelo de maíz.

"¡Oh!" dijo E-Z.

Lia aplaudió.

Alfred sacudió el cuello de un lado a otro como si acabaran de rociarle con agua muy fría.

"¡Me encanta!" dijo Lia. "Y gracias por incluir mi color favorito. ¿Cómo lo sabías?"

"Me he dado cuenta, te lo pones mucho", dijo PJ. Sus mejillas se sonrojaron. "Me alegro mucho de que te guste".

"¿Qué te parece, E-Z?" preguntó Arden.

Alfred miró en dirección a E-Z.

"Ha sido...", dijo E-Z, "un buen esfuerzo".

"¡La cena está lista, ven a por ella!" llamó Sam.

"Que vaya primero el cumpleañero", dijo Samantha.

E-Z cruzó el patio con Alfred.

"Hablando de sincronización perfecta", dijo.

"Sí, esos dos siguen siendo unos idiotas", replicó Alfred.

"Pero tienen el corazón en su sitio. Es una idea inteligente, un poco exagerada para nosotros".

"¿Un poco?" chilló Alfred.

"Vale, mucho, pero lo intentaron. Podemos quedarnos con lo que nos guste y deshacernos del resto".

Cuando todos tuvieron su comida, se sentaron en la mesa de picnic y comieron. El cielo cambió y unas estrellas brillantes llenaron los cielos a su alrededor. Comieron hasta saciarse, y entonces Samantha sacó la tarta de cumpleaños que había horneado, y todos cantaron "¡Feliz cumpleaños!".

"¡Habla! Habla!" reprendió Arden, y pronto todos se unieron.

E-Z se quedó pensativa unos segundos.

"Gracias por hacer que mi decimoquinto cumpleaños sea especial. Me gustaría dedicar un minuto a recordar a mi madre y a mi padre, y compartir con vosotros un recuerdo de cumpleaños. ¿Te parece bien? Prometo no ponerme sentimental".

Todos asintieron.

Samantha, que desde que se quedó embarazada siempre se ponía sensiblera. Ya fueran lágrimas de felicidad o de saciedad, se secó una antes de empezar. "Estoy bien", dijo, mientras Sam la rodeaba con el brazo.

"Fue en mi quinto cumpleaños. No quería una fiesta y pedí ir a ver una película en su lugar. En vez de mirar en el periódico para saber qué había, decidimos ir y decidir qué ver allí mismo. Dijeron que yo podía elegir, ya que era el cumpleañero".

Cerró los ojos un segundo.

Volvía a estar en el teatro. Allí estaba mamá, toda abrigada con una parka. Llevaba las orejeras puestas y se frotaba las manos como hacía siempre. Mamá siempre llevaba guantes y se quejaba de que se le enfriaban los dedos.

Papá llevaba su abrigo azul hasta la rodilla por encima de unos vaqueros. No le gustaba llevar gorro en la ciudad, porque le despeinaba. Llevaba las manos sin manoplas. Se las había metido en el bolsillo del abrigo con las llaves.

E-Z olfateó el aire. Podía oler las palomitas de mantequilla dentro del cine, esperando a que entraran a pedirlas.

Estaban mirando los carteles.

"¿Y ése?", dijo su madre.

"No, E-Z prefiere ése", dijo su padre.

Volvió a abrir los ojos.

En lugar de estar en el patio con su familia y amigos, estaba de nuevo en el silo. No había vuelto allí desde que los arcángeles incumplieron su acuerdo.

"¡Feliz cumpleaños!", exclamó la voz de la pared.

Se abrió un panel en la pared junto a él y salió una magdalena. En la parte superior ponía: "Feliz cumpleaños, E-Z". En el centro había una sola vela ya encendida.

"¡Disfrútalo!", dijo la voz, dejando caer un cuchillo y un tenedor sobre la mesa junto a él.

"Eh, gracias", dijo. "¿Por qué estoy aquí?"

"El tiempo de espera es de cuatro minutos", dijo la voz molesta. "Por favor, permanezcan sentados".

Como si tuviera alguna opción.

CAPÍTULO 1

CUMPLEAÑOS INTERRUMPIDO

E-Z no tocó la magdalena que tenía delante, aunque parecía y olía bien. Se preguntó qué estaría pasando en su fiesta. Al menos sabía que no podían cortar la tarta hasta que soplara las velas y pidiera un deseo. ¡Menuda fiesta de cumpleaños en casa cuando ni siquiera estaba allí!

"¡Sacadme de aquí!", gritó. "Me estoy perdiendo mi propia fiesta de quince años y estaba en mitad de contar un cuento".

El techo del silo se abrió de par en par y Eriel se elevó hacia él como un rayo en una tormenta.

"Me alegro de volver a verte, antiguo protegido", dijo.

"El sentimiento no es mutuo. ¿Por qué estoy aquí? Creía que había acabado con todos vosotros y es mi cumpleaños; tengo que volver a ello".

"Sí, te pido disculpas por el momento, pero no podíamos dejar pasar tu cumpleaños sin desearte al menos que lo pasaras bien".

"Gracias, creo".

"Y ya que estás aquí, ¿por qué no te tomas tu magdalena de cumpleaños? Y no te olvides de pedir un deseo, ¡necesitarás toda la ayuda posible!", dijo el arcángel con una risita.

Al lado de E-Z se abrió una ventana y salió un brazo mecánico con una cerilla encendida. Encendió la mecha y volvió a introducirse en la pared con tanta rapidez que la cerilla se apagó sola. Se preguntó qué significaba el último comentario, pero supuso que Eriel le estaba tomando el pelo. Su cerebro se quedó en blanco. No se le ocurría nada que desear. Aparte de eso, estaba de vuelta en casa con sus amigos y su familia celebrando su cumpleaños. Cuando sopló la vela, Eriel se puso a cantar. Era una interpretación a todo pulmón de "Porque es un buen tipo, nadie puede negarlo".

"Sin ánimo de ofender", dijo E-Z, "pero se supone que tienes que cantar el Cumpleaños Feliz".

"Lo que cuenta es la intención", dijo Eriel. "Ahora que hemos concluido el segmento de cumpleaños de tu visita, nos gustaría saber si ya has resuelto el acertijo".

"¿Enigma? ¿Qué acertijo?"

"Sí, te sugerimos que intentaras establecer conexiones, en tus pruebas pasadas. ¿Recuerdas cuando dijimos que no queríamos alimentarte con cuchara? ¿Has tenido suerte al hacerlo?"

"Oh, no parecía una prioridad ni un acertijo que tuviera que resolver, sobre todo desde que os disteis por vencidos con vuestra oferta. Pero sí, estuve escribiendo en mi cuaderno, haciendo un registro de las cosas que hemos logrado hasta ahora, y detecté un par de conexiones con el juego, pero fueron pura coincidencia."

"¡Coincidentes! Desde luego que no. Los incidentes están relacionados, ¡cualquiera puede verlo!" dijo Eriel, manteniendo la voz baja para no perder los nervios.

"Lo siento, pero las coincidencias ocurren todo el tiempo. ¿Sabes cuántos niños juegan a juegos de ordenador? He buscado en Internet. En 2011 decía que el noventa y uno por ciento de los niños de entre dos y diecisiete años jugaban todos los días. Eso son unos sesenta y cuatro millones de niños en todo el mundo".

Ah, así que lo has localizado. Eso está muy bien. ¿Algo más que hayas averiguado al respecto? ¿O alguna preocupación que puedas tener? Alguna razón por la que debas investigar más: investigar es bueno. La iniciativa es muy, muy, buena".

"No. Estoy bastante ocupado, con otras cosas: la escuela y demás. Además, si quieres que siga investigando, primero tendrás que convencerme de que es algo más que una coincidencia. He comprobado algunas estadísticas más. Por ejemplo, hay más chicas jugadoras que nunca. Muchas han creado negocios en YouTube y se ganan la vida. No son niñas, claro, pero por las estadísticas que he leído en Internet, en 2019 el cuarenta y seis por ciento de los jugadores son niñas".

Eriel se dio unos golpecitos con el dedo largo y huesudo en la barbilla, como si estuviera reflexionando sobre lo que le había dicho E-Z. "Ah, de nuevo estoy impresionado. ¿No te parecen preocupantes esas estadísticas?".

"No, no me preocupan". Inspiró profundamente perdiendo la paciencia por perderse su cumpleaños. "¿Es importante que hagamos esto hoy? ¿No puedes traerme aquí en otro momento? Nada de lo que estamos hablando parece crítico".

Eriel dejó de dar golpecitos y su ceja derecha se alzó. Miró fijamente al cumpleañero.

"¿O no lo es?" inquirió E-Z.

Eriel esperó antes de responder. Enroscó la lengua alrededor de las palabras, como si le costara sacarlas. Elevó el tono de su voz a soprano y dijo: "An-y-thin-g el-se a-bou-t tho-se t-wo in-ci-de-nts? ¿An-y-thin-g to ca-use a-l-a-rm? ¿Para crear un deseo debajo de ti?

E-Z deseaba que Eriel se lo explicara y fuera al grano. No quería avergonzarse a sí mismo afirmando lo obvio o equivocándose.

"Rafael tenía razón, eres un poco tonto".

"¡Eh!" gritó E-Z. "Si necesitas mi ayuda, lo estás haciendo de una forma muy extraña". Pasó el dedo por el glaseado de la magdalena y se lo chupó. Sabía bien, como a algodón de azúcar. "Matando. Uno intentaba matarme y el otro mataba a gente en una tienda. Ambos dijeron que sus motivos estaban relacionados con el juego".

"En el blanco", dijo Eriel.

"¿Y?"

"¡No importa!" Eriel desapareció por el techo, cantando: "Grueso como un ladrillo, grueso como un ladrillo, grueso como un ladrillo".

E-Z levantó los puños en el aire. "¡Vuelve aquí y dime eso a la cara!".

La risa de Eriel resonó, rebotando en las paredes.

PFFT.

"Eh, gracias", dijo E-Z, y entonces se encontró de nuevo en casa, en su fiesta. Todo el mundo estaba ocupado, jugando, haciendo sus cosas, como si él no estuviera allí, que no era el caso.

Observó cómo Sam jugaba a la pelota de escalera. No se le daba especialmente bien, pero E-Z se acercó y observó su segundo intento. Cuando terminó de lanzar, sin dar en el blanco, se acercó a su sobrino.

"Veo que sigues intentando cogerle el truco a este juego", dijo E-Z.

"Sí, es un talento adquirido. Por cierto, ¿adónde has ido?"

"Eriel quería desearme feliz cumpleaños, entre otras cosas".

"Ha sido muy amable. ¿Verdad?"

"Bueno, ya conoces a Eriel. Nunca hace nada sin un motivo. En este caso, quería que estableciera una conexión basada en un recuerdo".

"¿Un recuerdo de qué? ¿De tus padres? ¿Del accidente?":

"No, quería que estableciera una conexión entre dos de los instigadores del juicio. Cosa que, por cierto, hice. Luego se marchó diciendo que yo era espesa como un ladrillo".

"¡Qué grosero!" exclamó Lia. Había estado escuchando desde que se aburrió como una ostra con el juego de lanzamiento de pelotas.

"Y encima en tu cumpleaños", dijo Alfred. Era aún más inútil que Sam, ya que tenía que lanzar las pelotas con el pico.

"¿Quieres intentarlo? preguntó PJ, dándole la pelota a E-Z, que volvió a colocar su silla delante de la diana y lanzó la pelota. Golpeó el peldaño superior, dio varias vueltas y aterrizó en la posición superior.

"¡Así se hace!" dijo Sam.

"PJ y yo hemos estado haciendo lanzamientos así durante todo el partido", dijo Arden.

"Ah, pero tú no eres mi sobrino", replicó Sam.

La fiesta continuó hasta que se hizo demasiado de noche para jugar a más juegos, y todos decidieron no cantar. PJ y Arden se fueron a casa mientras E-Z y el resto de la pandilla se iban a la cama.

CAPÍTULO 2
PROBLEMA

DOS DÍAS DESPUÉS DE la fiesta de cumpleaños de E-Z, PJ y Arden se encontraron en apuros.

Fue Lia, que tuvo una visión de que algo iba mal. Recordó la visión a Alfred y E-Z: "Era como si estuvieran en trance. Y ambos estaban sentados en sus escritorios, mirando fijamente a pantallas de ordenador en blanco".

"No tiene nada de raro", dijo E-Z. "Suelen jugar juntos, y quizá estaban dormidos".

"¿Con los ojos abiertos?"

"Vale, vayamos hacia allí", dijo E-Z.

"¡Es plena noche!" exclamó Alfred.

"Aun así, será mejor que lo comprobemos".

Los Tres salieron a hurtadillas de la casa, decidiendo ir primero a casa de PJ, ya que la suya era la más cercana.

"No creo que sus padres aprecien una visita tan tardía", dijo Alfred.

"Lo entenderán", dijo Lia, mientras llamaba al timbre de la puerta principal.

Momentos después, un hombre muy somnoliento, frotándose los ojos, abrió la puerta de golpe en pijama: el padre de PJ.

"¿Quién es?", llamó su madre desde dentro.

"Son los amigos de PJ", dijo su padre. "¿Ocurre algo?"

"E-Z dijo: "Siento molestaros, pero necesitamos ver a PJ. Es urgente".

"Entonces será mejor que entréis", dijo el padre de PJ.

CAPÍTULO 3
MÁS ANTERIOR

A primera hora de la tarde, PJ y Arden habían estado trabajando en el sitio web de los superhéroes. Habían actualizado la información y añadido algunos elementos nuevos.

Antes, cuando llegaba una solicitud de ayuda, se enviaba un correo electrónico a la bandeja de entrada. La próxima vez que alguien se conectara, lo vería y respondería en consecuencia. Con el nuevo sistema, E-Z, Arden y PJ recibirían los mensajes de texto al instante.

Además, la persona que solicitara la petición recibiría una autorrespuesta con fecha y hora. PJ y Arden estaban seguros de que esta mejora automatizada aumentaría la confianza y atraería más tráfico al sitio.

PJ y Arden también crearon un canal de YouTube con un podcast. Esto era algo nuevo que se les había ocurrido en una sesión de brainstorming. Estaban entusiasmados por contárselo a E-Z. Sería una forma excelente de aumentar la presencia online de Los Tres. También crearon un Tablón Comunitario para el debate abierto.

El sistema también categorizó los mensajes entrantes. Por ejemplo, rescatar a un gato de un árbol. Los Tres habían recibido múltiples solicitudes de este servicio. Como los funcionarios locales estaban más preparados para responder a estas llamadas, PJ y Arden lo convirtieron en un Código Azul.

Un Código Azul significaba que cuando E-Z llegaba para rescatar al gato, éste ya había sido rescatado. Un Código Azul indicaba que debía esperar, para ver si la situación se había resuelto antes de salir.

Un Código Amarillo podía ser que alguien se hubiera olvidado las llaves o las hubiera dejado dentro del coche. De nuevo, cuando E-Z llegó allí, la situación ya se había resuelto. De nuevo, el consejo era esperar y comprobar antes de salir.

Categorizando los azules y amarillos, E-Z y su equipo podrían centrarse en las llamadas más importantes, es decir, los códigos rojos.

Un Código Rojo era cuando había vidas o miembros en peligro. Desde que se creó el sitio web, Los Tres habían recibido cero solicitudes de esta categoría.

Satisfechos de lo mucho que habían conseguido, decidieron desahogarse. Se unieron a una partida multijugador.

"Tres chicas", tecleó PJ a Arden.

"¡Podemos con ellas!", respondió él.

Empezó la partida y, al principio, todo transcurrió como siempre. Estaban machacando a las chicas, subiendo nivel tras nivel, matando todo lo que veían. Entonces, de repente, todo se detuvo por completo.

CAPÍTULO 4

PJ'S LUGAR

Ahora Los Tres y los padres de PJ se dirigieron por el pasillo a su habitación. Lo que vieron era casi lo mismo que Lia había imaginado. La diferencia era que la pantalla del ordenador seguía encendida. Parpadeaba y titilaba mientras PJ parecía profundamente dormido.

"¿Qué le pasa? preguntó la madre de PJ. "Debería estar en la cama durmiendo. Fíjate en su postura. Probablemente esté deshidratado. Le traeré un vaso de agua".

El padre de PJ cruzó la habitación y sacudió los hombros de su hijo. Esperaba que su hijo se despertara, pero no lo hizo. En vez de eso, se deslizó en la silla y se habría caído al suelo si su padre no lo hubiera cogido. Cargó con su hijo y lo puso en su cama.

La madre de PJ volvió, colocó el agua en la mesita auxiliar y puso los labios en la frente de su hijo. "No tiene fiebre", dijo.

El padre de PJ levantó el párpado derecho de su hijo y vio que sólo se le veía el blanco de los ojos. "Llama al 911", exclamó.

"No, creo que deberíamos llamar a nuestro médico de cabecera, el doctor Franela", dijo la madre de PJ. "Ya ha venido antes para una visita a domicilio. Cuando se ha tratado de una urgencia, y esto es sin duda una urgencia".

"Señora Handle", dijo E-Z, "se pondrá bien".

"Claro que se pondrá bien", respondió ella, mientras el Sr. Handle salía de la habitación para llamar al doctor Flannel".

Cuando volvió, esperaron todos juntos en silencio, observando a PJ mientras dormía. Como si esperaran que se levantara de un salto y empezara a hacer el tonto. Sería propio de él hacerse el gracioso. Engañarlos.

El Sr. Mango estaba inquieto, moviendo la pierna arriba y abajo mientras estaba sentado. Se levantó, atravesó la habitación y se agachó para mirar el disco duro. Levantó el pie, como si fuera a darle una patada, pero en el último momento cambió de idea y sacó el cable del enchufe.

Observaron cómo el Sr. Mango empezaba a temblar por todo el cuerpo, hasta que dejó caer el enchufe. Se volvió y caminó hacia ellos. Detrás de él salía humo del disco duro. Segundos después, la pantalla del monitor se resquebrajó.

"¡Coge el extintor!" gritó Alfred, pero E-Z ya había cogido el vaso de agua y lo había arrojado sobre la caja. Chisporroteó y se unió a la pantalla, ambas absolutamente muertas.

La madre de PJ corrió hacia su marido y le ayudó a sentarse. "El médico también podrá echarte un vistazo cuando llegue", le dijo. "Tienes mucha suerte. No puedo soportar que los dos estéis heridos".

"Estoy bien", dijo el Sr. Mango.

Pero a Los Tres no les pareció que estuviera bien. Estaba pálido, un poco verde y un poco gris.

"No te preocupes", dijo el Sr. Handle. "Gracias por pensar tan rápido, E-Z". Luego a su mujer: "Menos mal que has traído el agua".

"PJ se enfadará mucho cuando vea que su ordenador se ha estropeado".

"Ya, ya", dijo el Sr. Mango. "Lo entenderá".

Estaba claro que se sentía mejor, pues Los Tres notaron que su respiración había vuelto a la normalidad, al igual que su palidez.

Como todo parecía en orden, E-Z mencionó a Arden. "Mientras esperáis al médico, tenemos que ver cómo está Arden. Creemos que podría estar en un estado similar".

"Suelen jugar juntos, pero ¿qué demonios puede haber causado esto?". preguntó el Sr. Mango.

"No lo sé, pero ¿te importa que vaya a ver cómo está Arden?".

"Adelante", dijo la Sra. Handle.

"Lia se quedará aquí contigo", dijo E-Z. "Ella puede mantenernos informados, y si nos necesitas, volveremos enseguida".

"Gracias, E-Z, y Alfred", dijo el Sr. Handle, mientras los acompañaba a la puerta principal.

CAPÍTULO 5
ARDEN'S LUGAR

E-Z y Alfred se dirigieron a casa de Arden. Antes de que tuvieran ocasión de llamar, el padre de Arden, el señor Lester, abrió la puerta.

"¿Cómo lo has sabido?", preguntó.

E-Z no podía decirle la verdad. Así que improvisó una mentira. "He sido amigo de Arden toda mi vida, así que sé cuando algo va mal. ¿Puedo verle?"

"Claro, entra en su habitación", dijo la madre de Arden, la señora Lester. "No te alarmes. Sólo está durmiendo. Estará bien por la mañana".

El señor Lester cogió la mano de su mujer y la condujo por el pasillo hasta donde Arden dormía profundamente.

"Oh", exclamó Alfred al verlo. "Parece que está en estado de shock".

"Mírale debajo de los párpados", dijo el señor Lester.

E-Z tiró del párpado de su amigo hacia atrás. La pupila de PJ era visible, pero era más grande y parecía que iba a salirse de la cuenca del ojo en cualquier momento. Volvió a cerrar el párpado sobre ella.

Alfred hizo "Hoo-hoo". Eso es lo que oyeron los Lester. Lo que dijo fue: "¿Qué demonios podría causar eso? ¿Miedo? ¿O algo más grave, como un ataque?".

E-Z se encogió de hombros sin contestar. Los Lester ya estaban bastante asustados y estresados, y además lo único que harían sería adivinar.

"¿Dónde lo encontraste exactamente?" preguntó E-Z.

"Estaba sentado delante de su ordenador", dijo la Sra. Lester.

"¿Estaba encendida la pantalla?", preguntó.

"Sí, lo estaba", dijo el Sr. Lester. "Hemos llamado a nuestro médico de cabecera. Ahora está ocupado, con otra llamada, pero nos llamará".

"Ya han llamado a un médico en casa de PJ, un tal Doctor Franela. Déjame llamar a Lia para ver si ya ha hecho un diagnóstico".

"Son casi iguales", dijo.

"¿Cómo que casi?".

Salió de la habitación en silla de ruedas. No había necesidad de preocupar a los Lester más de lo que ya estaban. Susurró al teléfono: "Aún se le ven las pupilas, pero son enormes. Como llagas, a punto de reventar".

"¡Qué asco!" dijo Lia. "¿Quizá debería ir al hospital?"

"Han llamado a su médico de cabecera, pero no está disponible. Así que avísame en cuanto el doctor Franela dé su opinión y se la transmitiré. Quizá quieras contarle lo del ojo de Arden y ver si aconseja la hospitalización inmediata".

"Lo haré. Estaré en contacto".

Se lo explicó todo a los Lester. Se quedaron mirando al frente, con el rostro inexpresivo. Le preocupaba cómo se lo estaban tomando.

"¿A alguien le apetece una taza de té?" preguntó la señora Lester.

"No, gracias", dijo E-Z. La Sra. Lester era una de esas madres que creían que el té podía resolver la mayoría de los problemas.

El Sr. Lester siguió a su mujer hasta la cocina.

"¿No sueles participar en sus juegos?" preguntó Alfred ahora que E-Z y él estaban solos con Arden.

A veces -respondió E-Z-, pero últimamente, si tengo algo de tiempo libre, suelo dedicarlo a escribir. Últimamente no tengo mucho tiempo para mí".

"Comprensible. Perdona si ando mucho por aquí".

"No, está bien. Tengo que organizarme mejor. El trabajo escolar es cada vez más complicado, ya sabes que estamos en el camino hacia una carrera y la graduación. Quieren que sepamos adónde vamos, y aún no sabemos dónde estamos".

"Recuerdo aquellos días, pero ya te darás cuenta. De todos modos, me alegro de que no estuvieras jugando al juego con ellos; de lo contrario, podrías estar en el mismo estado en el que están ellos".

"Cierto. No me imagino qué podría asustarles tanto... si eso es lo que pasó. Quiero decir que un juego es un juego, no la realidad. Debió de ser una competición tremenda".

Los Lester volvieron a la habitación de su hijo.

"¿Qué ha pasado?" chilló la señora Lester.

Los párpados de Arden estaban ahora abiertos, revelando todo su interior blanco. Al igual que PJ, sus pupilas habían desaparecido.

E-Z tuvo una sensación de déjà vu cuando el Sr. Lester cruzó la habitación y se agachó para desenchufarlo.

"¡Para!" gritó E-Z. "¡No lo toques!"

El Sr. Lester se quedó inmóvil.

"El Sr. Mango casi se electrocuta cuando lo tocó. Lo mejor es dejarlo estar".

"Menos mal que estabas aquí y me avisaste", dijo el Sr. Lester.

"Sí, gracias E-Z. No podría arreglármelas si mi hijo y mi marido resultaran heridos. Simplemente no podría". Cruzó la habitación y rodeó a su marido con los brazos.

"Después su ordenador se estropeó, la pantalla se rompió y salió humo de él", explicó E-Z. "Así que el ordenador de PJ está chamuscado, frito, tostado. Mientras que el ordenador de Arden sigue intacto. Si averiguamos cómo entrar en él -de forma segura- tal vez, podamos averiguar qué les ha pasado. Primero, tengo que llamar al Tío Sam y pedirle ayuda. Es un técnico informático, así que sabrá qué hacer".

"Espera", dijo la señora Lester. "¿Nos estás diciendo que PJ y Arden son iguales?".

Él asintió.

"¡Siempre dije que los ordenadores eran malvados!", dijo. "Mi Arden es un atleta. Debería estar practicando deporte, no sentado ante el ordenador perdiendo el tiempo". Sollozó contra el pecho de su marido y él la abrazó.

"Los ordenadores son necesarios para la escuela", señor Lester. "Nuestro hijo no ha hecho nada malo y estoy seguro de que volverá a ser el de antes en cualquier momento. Necesita cerrar un poco los ojos. Un poco de descanso, eso es todo. Se pondrá bien".

Alfred Hoo-hoo'd.

E-Z recibió un mensaje en su teléfono. "Lia dice que el doctor Franela les ha dicho que dejen a PJ donde está. Dijo que sus ojos deberían volver a la normalidad por sí solos. Dice que PJ no parece sufrir ningún dolor. Sus latidos y su pulso son normales. Necesita descansar".

"Gracias", dijo el señor Lester.

"Gracias por venir", dijo la señora Lester. "Os avisaremos si hay algún cambio".

E-Z y Alfred se marcharon tras una larga visita, se reunieron con Lia y todos juntos se dirigieron a casa.

"No puedo evitar preguntarme -dijo E-Z- si esto de PJ y Arden está destinado a ser una prueba. Eriel insinuó que debería preocuparme por algo. Que incluso debería querer perseguirlo. Si es así, no estoy seguro de cómo debo solucionarlo. ¿Tienes alguna idea? Aparte de conseguir que el Tío Sam nos ayude a entrar en el ordenador de Arden, estoy totalmente perdido".

"Es extraño, si es un juicio", dijo Alfred. "Porque los juicios son cosa del pasado, ¿no?".

"Lo son, pero si PJ y Arden resultan heridos, no tendré más remedio que implicarme. Aunque los arcángeles incumplieran nuestro trato".

"Ambos parecen tan, tan fuera de sí. ¿Qué esperan que hagas? No es que tengas poderes curativos ni nada parecido", dijo Alfred.

"¡Pero TÚ SÍ!" dijo Lia.

"Los tengo, pero, cuando son utilizables. Intenté comunicarme con sus mentes. Pero era como si estuvieran vacías. No podía llegar a ellas. Para curarlos, tendría que haber algún tipo de conexión. Y no había nada con lo que pudiera conectar.

"No dejo de preguntarme si debería pedir ayuda a Ariel. Ella es el Ángel de la Naturaleza. Quizá haya algo que pueda sugerirme, o algo que ella pueda hacer que yo no pueda".

"Es una idea prometedora", dijo E-Z.

WHOOPEE

Ariel llegó.

"¿Qué pasa?", preguntó.

Alfred le explicó la situación.

E-Z preguntó si se trataba de un juicio que los arcángeles intentaban colar a posteriori.

"Sea como sea, tienes que ayudar a tus amigos", dijo. "Quieres ayudarles, ¿verdad?".

"Claro que sí, pero lo que tengo que hacer, la acción que debo emprender en un juicio suele ser más evidente".

"¿No he oído murmullos acerca de que no eres capaz de tomar la iniciativa?" preguntó Ariel.

"¿Estás sugiriendo?", inquirió E-Z, manteniendo la voz baja para no perder los nervios. "¿Que los arcángeles han puesto a mis amigos en coma para poner a prueba mi iniciativa?".

Ariel sonrió. "No, no estoy sugiriendo nada por el estilo. Pero, si fuera una prueba, ¿qué harías para ayudarles?".

"Cuando me ponen una prueba delante, mi cerebro se pone en marcha. Sé lo que hay que hacer para solucionarlo y lo hago. Con esto, no tengo ni idea de qué hacer para arreglarlo. Están en peligro médico. No soy médico".

Ariel se cruzó de brazos. "¿Qué intentaste, Alfred?"

"Intenté conectar con la mente de ambos. Normalmente, si puedo curar a humanos o criaturas, existe una conexión que no se ha roto por una fuerza externa. En ambos casos, era como si hubieran cerrado la puerta de golpe y no pudiera atravesarla".

"Entonces has respondido a tu propia pregunta", dijo Ariel. "¿Puedo ayudarte en algo más?"

"No has sido de gran ayuda", dijo Lia.

Alfred se disculpó.

WHOOPEE

Y Ariel desapareció.

"No deberías hablarle así", dijo Alfred. "Si hubiera podido ayudarnos, nos habría ayudado".

"Lo siento, pero es frustrante que no sepan más que nosotros. ¡Son arcángeles! Deberían saber algo que nosotros no sabemos, si no, ¿qué sentido tienen?". inquirió Lia.

"¿Quieres decir que Haniel siempre es capaz de resolver cualquier problema?".

Lia se encogió de hombros. "No he tenido muchos que discutir".

E-Z dijo: "Eriel es un inútil. Siempre que le he pedido ayuda me la ha negado. Sí, me dio consejos. Me dijo que lo resolviera yo mismo.

"Como cuando me convocó la última vez, insinuó algún tipo de conspiración, o conexión, lo llamó.

"Cuando adiviné lo que era -juegos-, que había una conexión, siguió siendo inútil. Ojalá lo dijeran. De un modo u otro, entonces podría centrarme en sacar a mis dos amigos de esta situación".

"¿Ves lo que quiero decir?" dijo Lia. "Todos los arcángeles son totalmente inútiles".

"Haniel te ayudó cuando te hiciste daño en los ojos", le recordó Alfred.

Lia le dio la espalda.

"Esperemos que el médico tuviera razón y ambos vuelvan a ser ellos mismos por la mañana", dijo E-Z. "Es todo lo que podemos hacer".

Al llegar ya a casa, salieron al patio trasero. Saludaron a Little Dorrit, vieron salir el sol y charlaron sobre su próximo movimiento.

E-Z repasó algunas cosas que le habían estado dando la lata. En la Habitación Blanca le habían animado a unir los puntos. Últimamente, Eriel le ayudó a acotarlos.

Repasó todo lo que le había contado la chica de la tienda. Cómo había tomado rehenes, como en un juego. Cómo llevaba un disfraz, para parecerse a una cazarrecompensas del juego.

A continuación, repasó los detalles del chico que estaba fuera de su casa. El chico había dicho abiertamente que unas voces del juego le habían enviado a matar a E-Z y que, si no lo hacía, matarían a su familia.

Entonces pensó en la implicación de Eriel y los demás Arcángeles en las pruebas. Ahora PJ y Arden estaban implicados.

¿Les arrastrarían los arcángeles para llegar hasta él? ¿Era culpa suya, por ser demasiado lento en resolver el enigma que le habían dado? Los arcángeles dijeron que habían acabado con él. Habían cancelado las pruebas y él se alegró de verles la espalda. ¿Por qué habían vuelto, intentando establecer una nueva conexión con él? No podía ser una coincidencia.

Abrió la boca para decirles a Alfred y a Lia lo que estaba pensando, pero volvió a aterrizar en el silo. Sólo que esta vez, en lugar de ser de metal, el contenedor era de cristal y él estaba sin su silla.

CAPÍTULO 6
UPSIDE DOWN

E-Z estaba suspendido cabeza abajo en una burbuja de cristal, contemplando la verde hierba de la tierra. Estaba muy por encima de ella, y le dolía tanto la cabeza que temió que estallara y salpicara todo el recipiente. Pero, afortunadamente, algo le sostenía. No sabía qué era.

A diferencia de las otras veces que estuvo en el silo, no estaba sujeto (o su silla no lo estaba) en su sitio. Otra cosa que le preocupaba, colgado así boca abajo, es que no vería venir a Eriel. Tampoco podría olerle.

En cuanto pensó en Eriel, el recipiente se movió. Temía caerse. Quería agarrarse a algo, pero no había nada a lo que agarrarse, excepto el aire. Se rodeó con los brazos. Entonces sintió movimiento. La cámara de cristal giró ciento ochenta grados en el sentido de las agujas del reloj. Al instante sintió la cabeza mejor, más despejada, y se concentró en salir. Cuanto antes, mejor.

Demasiado tarde, la cosa se movió y giró otros ciento ochenta grados. Volvió al punto de partida.

"¿Qué tal, Doody?", chilló Eriel mientras apretaba la cara contra el cristal. Luego llamó a la puerta y cantó: "Déjame entrar, déjame entrar".

"¡Sácame de aquí!" gritó E-Z.

"Cálmate", arrulló Eriel. "Estás aquí por la bondad de mi corazón. Quería decírtelo personalmente: tus amigos están en peligro".

"¿Te refieres a PJ y Arden?". Eriel asintió. "¡Bueno, eso ya lo sé! Gran bufón!"

"Palos y piedras me romperán los huesos, pero los nombres nunca podrán hacerme daño", cantó Eriel.

"¡Si no me sacas de aquí, ahora mismo, te haré más de lo que pueden hacer los palos y las piedras!".

Eriel se golpeó la barbilla con un dedo huesudo. Al fin y al cabo, seguía estando boca arriba, lo que suponía una ventaja respecto a la perspectiva en la que se encontraba E-Z.

"Quería que supieras que, aunque tus amigos estén en peligro, no debes preocuparte. No están en peligro como superhéroes". Hizo una pausa. "Un pajarito me ha dicho que crees que intentamos colarte otra prueba... Pues no. Déjalos en manos del destino".

"¿Qué quieres decir con que no están en peligro superheroico?". gritó E-Z.

Eriel desapareció y el recipiente de cristal cayó. Se agitó, se estabilizó. Volvió a caer. Así una y otra vez, hasta que estuvo seguro de que pronto se le abriría el cráneo como un huevo contra el suelo.

Entonces vio a Alfred, en el borde del césped, mordisqueando hierba.

"¡Eh!" gritó E-Z. "¡EH!"

Alfred dejó de comer y se acercó. Contempló a su amigo, colgado cabeza abajo dentro de una burbuja de cristal.

"¿Qué haces ahí dentro?", preguntó el cisne trompetista.

"¡Eriel!" exclamó E-Z.

"Ya está bien. Iré a despertar a Sam. Espero que sepa qué hacer para sacarte de ahí".

"Buena idea y pídele que traiga mi silla".

Mientras esperaba, E-Z se maldijo. Había perdido la oportunidad de exigir más información a Eriel. Había actuado como una víctima. Había defraudado a sus dos mejores amigos.

Formuló un plan. Cuando salga de aquí, encontraré a Eriel y le obligaré a que me diga cómo salvar a PJ y a Arden. Le haré jurar que nunca volverá a ponerme en esta situación.

Espera un momento. Si PJ y Arden no estaban en peligro como superhéroes. ¿En qué clase de peligro estaban? ¿Necesitaban siquiera ser rescatados? ¿O tenía razón el doctor Franela al decir que se les pasaría y pronto volverían a ser los de antes?

No le gustaba la afirmación de "abandonarlos al destino". Creía que nosotros forjamos nuestro propio destino, y sus dos amigos estaban en coma. No podían evitarlo, así que él iba a ayudarles. Dijera lo que dijera Eriel.

Finalmente, el Tío Sam salió blandiendo una gran herramienta en la mano. "Es un cortavidrios", dijo. "Sabía que algún día me sería útil cuando lo compré en uno de esos infomerciales de la televisión. Decían que podía cortar el cristal como si fuera mantequilla. A ver si era publicidad engañosa". Cortó por la parte inferior. Lentamente. Con cuidado.

"¡Eh, date prisa, me estoy asfixiando aquí dentro! Si sale el sol, me voy a freír".

"Paciencia, querido muchacho", arrulló Alfred.

"Ya casi", dijo Sam. Estaba de rodillas, avanzando, mientras el cortador rajaba el fondo del recipiente. Mientras tanto, las rodillas de su pijama sorbían el césped cubierto de rocío. "Supongo que Eriel tuvo algo que ver con que estuvieras ahí dentro".

"Afirmativo".

Sam terminó de cortar y soltó a su sobrino, luego le ayudó a sentarse en su silla de ruedas.

"Gracias, tío Sam".

"De nada. Ahora explícate, por favor".

"Estoy demasiado cansado. Y yo estoy demasiado molesto para explicártelo. ¿Podemos hacerlo por la mañana?".

El sol se estaba poniendo rojo a medida que subía por el horizonte.

Dentro de unas horas, E-Z tendría que ver cómo estaban sus amigos. Esperaba que estuvieran bien. Que volvieran a la normalidad. Así no tendría que pensar en ello ni un momento más. Si no... si no lo estaban. En cualquier caso, todo iría mejor después de dormir un poco.

"Puedo explicárselo todo", se ofreció Alfred.

"¿Qué sabes tú? Tuve que gritarte para llamar tu atención".

"Oh, lo vi todo. ¿Qué crees que estaba haciendo aquí fuera? Estaba esperando a que pidieras ayuda. No quería interrumpir tu tiempo de Eriel".

"Interrumpir. Muy gracioso. Vale, ponle al corriente. Me voy a dormir un poco. Estoy demasiado cansado para seguir pensando". Subió en silla de ruedas la rampa y entró en la casa y se dejó caer en la cama completamente vestido.

E-Z soñó que cumplía siete años. Sus padres habían alquilado el parque interior de juegos virtuales. Había invitado a doce niños en total, así que eran trece y un equipo tenía que tener un jugador extra. Como era su día, llamaron a los equipos y el último elegido entró en su equipo. Se llamaban a sí mismos los Rompepelotas. El otro equipo, dirigido por Kyle Marshall, se hacía llamar los Bat Shitz.

"No puedes usar ese nombre", reprendió el equipo de E-Z. "Es prácticamente una palabrota".

"Ah, piénsalo otra vez", dijo Marshall. "Se escribe Shitz. Nos llamamos así por mi perra. Es una Shitz-hu".

"Vamos a jugar", dijo E-Z.

PJ y Arden estaban en el equipo de E-Z. El equipo del trío del tornado pateó los traseros del equipo de Bat Shitz hasta que todos estuvieron demasiado cansados para moverse.

"La comida está servida", llamó la madre de E-Z. Los padres esperaban en el restaurante contiguo. Habían pedido un montón de pizzas, cubos de refresco y, finalmente, una tarta cargada de velas.

Los chicos salieron juntos de la zona de juegos. Pronto Arden se dio cuenta de que se había dejado la gorra de béisbol.

"¡No puedo dejarla! Tengo que volver!"

"Iremos contigo", dijo E-Z. "Dame un segundo para decírselo a mi madre".

"Se lo diré", dijo Kyle, que estaba cerca.

E-Z, PJ y Arden dieron marcha atrás. Al no encontrar la gorra, siguieron caminando.

"¡Tiene que estar por aquí!" dijo Arden.

"Seguro que no pensaba que estuviera tan lejos", dijo E-Z.

"Esos buitres se comerán toda la pizza antes de que volvamos", dijo PJ.

"No te preocupes, la señora Dickens nos guardará algo de comida. Sabe que no tardaremos".

El pasillo se expandió hacia otro edificio, otro lugar. Delante de ellos había una guillotina gigantesca. En lo alto, sobre la cuchilla, estaba la gorra de Arden. En la propia cuchilla había un letrero. Aún goteaba pintura roja, o sangre. Decía: "La cabeza va aquí".

"¿Estamos soñando?" preguntó Arden. "Porque, en realidad, no necesito tanto mi gorra de béisbol".

"Escuchad. Voces", dijo E-Z.

Susurros, muy bajos, pero murmullos. Primero fue una mujer sola. Luego se unió otra, para formar un dúo. Luego se unió otra para formar un trío. Los susurros se convirtieron en un canto.

"No distingo ninguna palabra", dijo PJ.

"Shhh", dijo E-Z, llevándose el dedo a los labios.

Mientras las voces cantaban,

"B-link y estás muerto.

B-link and you're dead.

B-link and you're dead, B-link and you're dead", al son de Happy Birthday to you.

"¡Es espeluznante!" dijo PJ.

"Volvamos", dijo Arden, mientras la puerta por la que habían entrado se cerraba de golpe y unos pasos resonaban por el pasillo.

Los pasos se hicieron más fuertes.

CLANK. CLANK. CLANK.

Cota de malla. Acercándose. Pies calzados. Un soldado. Una figura muy alta, encapuchada. Llevando algo de plata: un afilador de cuchillos.

Cuando llegó al pie de la guillotina, la figura encapuchada sacó una pluma del bolsillo. La puso contra la hoja. La cortó como si fuera mantequilla. Aun así, siguió adelante y la afiló más. Mientras afilaba la hoja, canturreaba en voz baja, como si disfrutara de su trabajo.

"¡Como si la cuchilla de la guillotina no estuviera lo bastante afilada!". susurró PJ. "¡Sácame de aquí!"

Arden corrió hacia la puerta y empezó a martillearla. "¡E-Z tienes que sacarnos de aquí! ¡Tienes que ayudarnos! Ayúdanos, por favor!"

MENSAJE DE CARGA.

Las caras de PJ y Arden aparecieron en la pantalla. Dijeron dos palabras:

"AVÍSALOS".

E-Z se despertó al oír cómo el Tío Sam golpeaba con los puños la puerta de su habitación. "¡Levántate E-Z, no podemos encontrar a Lia!".

Ahora que estaba despierto, se dio cuenta de que ella había estado contactando para intentar ponerse en contacto con él. Para ponerle al día. Comprobó su teléfono. Un mensaje con una actualización.

"No pasa nada", dijo E-Z, "está con PJ. Dile a Samantha que está bien. Tengo que ir pronto a verles a él y a Arden. ¿Dónde está Alfred?"

"Está en el jardín", dijo Sam. "¿Quieres desayunar algo antes de irte?".

"Un bocadillo de queso a la plancha me vendría muy bien. Gracias".

Mientras E-Z se vestía, pensó en su sueño. Los chicos estaban hablando con él, a través de un suceso mutuo que compartieron cuando tenían siete años. Tenía que averiguar de qué se trataba. ¿Advertirles? ¿Advertir a quién exactamente? Era una pista definitiva, pero ¿a quién querían exactamente que avisara?

Sí, estaba completamente seguro de que intentaban decirle algo, pero ¿qué exactamente? Una vez más tuvo la ligera sospecha de que todo tenía algo que ver con Eriel.

Primero fue a casa de Arden, y el pobre estaba como un zombi en la cama. Un médico estaba a su lado cuando E-Z y Alfred entraron.

"¿Cuál es el diagnóstico?" preguntó E-Z.

"¡Primero, saca a esa gallina de aquí!", exclamó el médico.

Alfred protestó y se fue contoneándose. Fuera comió un poco de hierba y se limpió las plumas.

El médico miró al Sr. y a la Sra. Lester: "¿Cuánto quieren que sepa este chico?".

"Este es E-Z, es uno de los mejores amigos de Arden".

"Sé quién es, lo he visto en televisión rescatando a gente".

E-Z no sabía qué decir, así que no dijo nada, pero no le gustaba la actitud de aquel médico.

"Arden está en coma".

"Sí, eso pensaba. ¿Y cuándo saldrá de él? El Dr. Franela de la residencia Handle -donde PJ se encuentra en el mismo estado- dijo que pronto volvería a la normalidad".

"Eso no lo sé. Su cuerpo le está protegiendo de algo, así que se despertará cuando esté lo bastante bien para hacerlo. Mientras tanto, sugeriría que alguien estuviera con él las veinticuatro horas del día". Luego, a los Lester: "Quizá lo mejor sería que ambos trabajarais para contratar a una enfermera. Puedo recomendarte a alguien. Si puedes trabajar desde casa, sería lo mejor. Volveré a hablar contigo dentro de un par de días".

"Dentro de un par de días", repitió el señor Lester.

La Sra. Lester condujo al médico fuera de la casa.

E-Z la siguió. "Si puedo ayudar, hacer un turno a su lado no dudes en pedírmelo. Ahora voy a casa de PJ. Lia ya está allí y me ha mandado un mensaje diciendo que está igual".

"Mantennos informados y dale recuerdos a la familia de PJ".

"Lo haré", dijo E-Z, mientras Alfred y él se reunían. Ambos despegaron del suelo y volaron hacia la casa de PJ.

Mientras volaban uno al lado del otro, Alfred dijo: "No me gustaba ese médico. Cuando una persona no es amable con los animales... no me fío".

"Te entiendo, pero sólo hacía su trabajo".

"Los cisnes no hemos causado ninguna plaga ni... no importa. Me olvidé de la gripe aviar, pero eso ocurrió por culpa de los humanos".

Aterrizaron en casa de PJ, donde Lia los esperaba con la puerta abierta.

"¿Cómo os van las cosas?", preguntó.

"Bien", respondió Alfred.

"Ah, está un poco enfadado porque el médico de Arden lo echó de la habitación, pero yo estoy bien, gracias. ¿Y tú?"

"Estoy bien, pero los padres de PJ están perdiendo la cabeza y no hay signos de recuperación".

"¿Han vuelto a llamar al médico?" preguntó Alfred.

"No. Les dio esperanzas, pero nada más, sobre todo que se recuperaría. Pero me preocupa que se equivoque". Hizo una pausa, ruborizándose un poco.

"Ah, una cosa más, cuando le cogía la mano". Los miró a los dos. "Él, bueno, no estoy segura de si me lo imaginé o si lo hizo de verdad, pero me pareció que me la apretó".

"Gracias por quedarte con él. Deberíamos hacer turnos con sus padres, para que nadie se canse demasiado. Ahora puedes irte a casa y pasar un rato con tu madre. Seguro que se pregunta por ti". De ninguna manera iba a mencionar la cogida de mano.

"Entonces me iré cuando tú lo hagas", dijo Lia mientras se dirigían a la habitación de PJ.

Alfred, Lia y E-Z se quedaron a solas con PJ.

"Anoche tuve un sueño extraño. PJ, Arden y yo estábamos en mi séptimo cumpleaños, pero las cosas no ocurrían como entonces. Intentaban comunicarse conmigo a través de un acontecimiento que compartimos, pero no estoy segura de lo que intentaban decirme".

"Cuéntanos el sueño", dijo Alfred. "Y no te dejes nada".

"Sí, cuéntanoslo y veremos si podemos ayudarte a interpretarlo".

"Bueno, empezó normal. Todo fue como aquel día, hasta que Arden olvidó su gorra de béisbol y nosotros, los tres, volvimos a buscarla".

"Entonces, ¿no perdió la gorra de béisbol en la fiesta de verdad?".

"No, no la perdió. De hecho, estaba tan obsesionado con esa gorra que a menudo nos burlábamos de él diciendo que la tenía pegada a la cabeza. Así que era una parte importante del sueño. Y allí estábamos caminando de vuelta a la zona de juegos y el pasillo parecía mucho más largo de lo que era cuando lo dejamos.

Caminamos durante mucho tiempo. Charlando como solíamos hacer. Al principio no nos dimos cuenta de que llevábamos un buen rato caminando. Arden se planteó dejar la gorra donde estaba porque llegar hasta allí estaba llevando mucho tiempo, pero decidimos cogerla. Dijo que la gorra tenía un valor sentimental para él".

"Interesante", dijo Lia. "¿Sabes por qué le gustaba tanto la gorra?".

"La llevaba siempre porque le gustaba el equipo. Nunca supe que tuviera ningún apego sentimental en la vida real, aparte del propio equipo. Y en el sueño, en ese momento, no hasta que él lo dijo. Entonces, el pasillo aumentó de tamaño y nos encontramos en una gran sala ventilada, como un auditorio. En el centro de la sala había una guillotina gigantesca".

"¡Qué extraño!" dijo Alfred.

"Da un poco de miedo", dijo Lia.

"Hay más. En lo alto, sobre la cuchilla, estaba la gorra de Arden y debajo un cartel que decía: La cabeza va aquí".

Lia y Alfred soltaron un grito ahogado.

"Arden dijo que ya no le gustaba tanto la gorra. Y fue entonces cuando se hizo de noche y oímos fuertes pisadas que venían hacia nosotros. Botas. Chasquidos de cadenas o armaduras. Entonces volvieron a encenderse las luces y entró un tipo con una capucha en la cabeza. Se dirigió a la guillotina y afiló sus cuchillos, uno tras otro".

"¿Y luego qué?" preguntó Alfred.

"Entonces apareció una pantalla de ordenador que decía CARGANDO y apareció una imagen de ellos dos. Dijeron dos palabras:

"AVÍSALOS".

"¿Y luego qué?" volvió a preguntar Alfred.

"Entonces el tío Sam me despertó y me preguntó si sabía dónde estaba Lia".

"Eso no es mucho", dijo Lia. "¿Quería a esa gorra? ¿Y a quién había que avisar?"

"El equipo favorito de Arden era y sigue siendo los Medias Rojas de Boston. La gorra era un regalo para él, auténtico: nunca la dejaría, pasara lo que pasara.

Aun así, consideró dejarla en el sueño al menos dos veces".

"Pero no era tan entusiasta como para meter la cabeza en la guillotina para conseguirla", dijo Alfred.

"¡Quién lo estaría!" preguntó Lia.

"Ojalá pudiéramos utilizar el ordenador de Arden. Apuesto a que ahí hay una pista. Apuesto a que tiene un archivo, algo oculto que yo podría encontrar. Quizá de eso trataba el sueño. Y por qué me dio la pista".

Lia buscó en Internet el significado de un sueño con una guillotina en su teléfono. "Dice que representa el miedo o la ansiedad. Ser señalado o avergonzado por algo".

"Creo que tengo una idea", dijo E-Z mientras se desplazaba por la lista de contactos de su teléfono.

"Espera un momento", dijo Alfred, "llama a Sam".

"Tienes razón, quizá debería comentárselo primero". Llamó a Sam y le explicó la situación. Sam dijo que iba enseguida a casa de Arden y que se reunieran allí con él.

"¿Todo bien por aquí?" Preguntó la madre de PJ. "¿Quieres una copa o algo?".

"No, gracias, pero el tío Sam va a casa de Arden y nos reuniremos con él allí. Echaremos un vistazo al ordenador de Arden y averiguaremos qué fue lo último que estuvo haciendo. Lástima que el ordenador de PJ esté averiado".

"Es una idea inteligente. Hemos oído que los padres de Arden también han llamado a un médico, ¿ha sido de ayuda?"

"No.

"Te mantendremos informada si nos enteramos de algo", dijo Lia, mientras palpaba la frente de PJ.

"Eres una buena chica", dijo la madre de PJ. Luego salió de la habitación, luchando contra las lágrimas.

Cuando llegaron a casa de Arden, Sam les estaba esperando fuera. Llevaba su portátil, una bolsa llena de herramientas informáticas y algunas otras cosas.

Entraron juntos y Sam preparó su propio ordenador, un portátil, lo conectó al otro lado de la habitación y echó un vistazo a la configuración de Arden. Estaba enchufado directamente a la toma de corriente. Sin ninguna barra de protección contra sobretensiones insospechadas. Menos mal que siempre llevaba una en el bolso.

Tras asegurar la barra de alimentación de seguridad, conectó el ordenador de Arden a ella. Esperaron y no ocurrió nada. Tomándolo como una buena señal, conectó la alimentación y el ordenador de Arden cobró vida. Era necesaria una contraseña. Una contraseña que ninguno de ellos conocía.

"¿Alguna idea? preguntó Sam.

E-Z tecleó Boston Red Sox. Probó con el segundo nombre de Arden, que era Daniel. No sirvió.

"Prueba con guillotina", sugirió Alfred.

"¡Bingo!" dijo E-Z, ahora sólo tenía que buscar en el historial.

"Permíteme", dijo Sam, mientras hacía clic en la configuración, buscando algo inusual. No había nada fuera de lo normal.

"¿Qué fue lo último que hizo? ¿Estaba jugando a algo?" preguntó E-Z.

Mientras Sam hacía clic para averiguarlo, la barra de sobretensión sin sobretensión se incendió. El tío Sam corrió a apagar el fuego; cuando volvió, E-Z ya lo había sofocado con una manta. "Bien pensado", dijo.

"¡Espero que la madre de Arden piense lo mismo!".

"¡Coge el disco duro!" dijo Sam, cosa que hizo antes de que se quedara frito. "Ahora nos llevamos esto y vemos lo que podemos ver".

CAPÍTULO 7

DISCUSSION

Mientras volvían a casa, E-Z seguía pensando en el mensaje "Adviérteles". ¿Podría haber sido algo más que un sueño?

"Me pregunto", dijo.

"¿Sobre qué?" preguntó Sam.

E-Z explicó lo de su sueño y el mensaje, y luego añadió su nueva idea para ver qué pensaban de ella.

"PJ y Arden prepararon cosas en el sitio web para que pudiéramos hacer Podcasts en el futuro. Me estoy preguntando si debería utilizarlo, una vez que sepamos a quién avisar. Seguro que podríamos llegar a mucha gente".

"¡Es una idea brillante!" dijo Sam, "¿pero no deberíamos acumular seguidores ahora? Así, cuando estemos preparados para transmitir la advertencia, ya tendremos algunos suscriptores".

"¿Qué les diría?"

"Vamos a pensarlo", dijo Lia. "Y estaremos a tu lado".

"Me parece bien hablar un poco".

Al llegar a casa, entraron.

CAPÍTULO 8

BRANDY VIVE

Cuando lo vio por primera vez, lo que tenían en común era la música. Ella tocaba el piano, mejor que la media pero no excepcionalmente bien. Su profesor de música decía que tenía una habilidad natural, significara eso lo que significara. Pero sólo podía tocar canciones que significaran algo para ella. Entonces las recordaba y era capaz de tocarlas enseguida. Sin embargo, obligarla a tocar algo que no le gustaba le hacía odiar las clases.

No se rindió. Se obligaba incluso cuando lo odiaba. Esperaba poder colarse en la banda de la escuela.

Sus padres querían algo que mostrar por todas las clases que habían pagado. Insistieron en que se apuntara a la banda para participar más en las actividades escolares.

"Quedará bien en tu solicitud para la universidad", le dijo su padre.

"Esfuérzate al máximo, es lo único que te pedimos. Esfuérzate al máximo", dijo su madre.

Sin embargo, las audiciones del instituto de este año estaban repletas de chicos con talento. Un talentoso batería masculino ya estaba en el escenario actuando cuando ella entró en el auditorio.

Con las palmas de las manos sudorosas y el corazón palpitante, avanzó por la fila. Una fila de alumnos y profesores aplaudían y daban golpecitos con los dedos de los pies. Podía sentir cómo el suelo palpitaba con cada latido.

Como un robot, siguió caminando por el borde del auditorio, hasta que estuvo lo más cerca posible del escenario.

Ahora se escabulló por la puerta, fue entre bastidores. Se colocó junto a los demás artistas de la cubierta y aplaudió como si siempre hubiera estado allí.

Era un plan brillante. Todos habían estado tan absortos en su audición que ni siquiera se habían dado cuenta de que ella se había colado en la fila.

"¿Quién es?", susurró a la chica que tenía delante en la fila.

"¡Shhhhh!", respondieron los demás artistas que esperaban.

Siguió tocando el tambor, vestido con vaqueros, con su pelo rubio ondulándose y rebotando. Luego se inclinó más hacia el micrófono y su voz profunda y melódica se unió al ritmo.

Ella se acercó un poco más y, al hacerlo, notó un picor que antes no tenía. En las palmas de las manos, en los brazos, en las piernas. Se rascó y no encontró alivio. De hecho, empeoró y pronto fue como si le ardiera la piel. Entonces su respiración se agravó y su corazón empezó a latir más despacio.

"Cálmate", susurró en voz alta y en su cabeza.

Fue lo último que recordó antes de despertarse en un vehículo en marcha.

CAPÍTULO 9

SOBRE BRANDY

El vehículo circulaba a gran velocidad por la autopista. Ella estaba en el asiento trasero. ¿De quién era el coche? No era un vehículo que reconociera.

Intentó incorporarse; le dolía la cabeza, como si la atravesara un tren. Cerró los ojos un segundo y escuchó, intentando averiguar cómo había llegado hasta allí. El coche olía raro, nuevo y viejo a la vez.

PFFT.

La rejilla de ventilación exhalaba un olor que hizo que se le revolviera el estómago, y vomitó.

"Eh, cuidado con el interior", dijo una voz masculina. "Es cuero, del de verdad". Sonó su teléfono y habló por él a través de un micrófono del visor. "Sí, llegaremos pronto", dijo. Desconectó y luego subió el volumen de la radio.

Tenía las manos atadas, no por detrás como había visto en las películas, sino por delante, justo sobre el cinturón de seguridad abrochado. "¡Quiero irme a casa!"

"Pronto", respondió la voz masculina por encima del estribillo de una melodía de Drake.

Tras viajar durante lo que a ella le parecieron unos treinta minutos, se detuvo en una gasolinera. La encerró, cerró la puerta tras de sí y la dejó a su lado sin decir una palabra.

Miró por la ventanilla intentando por todos los medios no volver a vomitar. Su captor o secuestrador, lo que fuera, había entrado. Esperaba que no fuera un secuestrador que planeaba pedir un rescate. Sus padres no tenían dinero para pagar su regreso. Se concentró en el momento y se dio cuenta de que las puertas no tenían tiradores y los botones para abrir la ventanilla no funcionaban.

Al otro lado del coche, echando gasolina, vio a un tipo.

"¡AYUDA!", gritó, dándolo todo. Sabía que podía ser su única oportunidad.

Al ver que no respondía, golpeó con fuerza las ventanillas cerradas. Era difícil hacer ruido en esta pecera de coche. Miró hacia atrás y vio que su secuestrador volvía al coche con una lata de refresco y dos chocolatinas. Cuando se puso al volante, le lanzó una chocolatina por encima del hombro. Ella no pudo cogerla, odiaba ese tipo de chocolatinas, por no mencionar que hacía poco que había vomitado.

"Tengo sed", dijo ella.

"¿Qué quieres?", preguntó él, y luego entró, saliendo casi inmediatamente con una botella de agua.

Le quitó el tapón y se la puso en las manos. Aunque las tenía atadas, tras un par de intentos consiguió llevarse un poco de agua a la boca. La parte delantera de la camiseta estaba empapada de agua. No le importaba, le quitaba parte del olor a barba.

"Gracias", dijo.

Momentos después, estaban de nuevo en la autopista. Él aceleró, pasó al carril rápido. y ella se desabrochó el cinturón de seguridad. Ella se revolvió en la parte trasera del coche, como un dado rodando sin dirección.

"¡Deja eso, lunática!", dijo el hombre, mientras ella intentaba volver a abrocharse el cinturón con las manos atadas.

Los neumáticos del conductor cambiaron de carril temerariamente. Otros conductores pisaron el freno para mantenerse alejados de él. Luego se dirigió a la rampa de salida. Frenó en seco y se detuvo. Salió del asiento delantero, abrió la puerta trasera.

Ella estaba preparada con los pies apuntando hacia él y le golpeó con todas sus fuerzas en una gran patada a dos patas. Él cayó al suelo y ella estaba fuera del coche, corriendo alocadamente cuando un coche la atropelló, luego otro, luego otro.

Volvió al coche y salió a toda velocidad.

"¡Chica estúpida!", exclamó.

CAPÍTULO 10

BRANDY RECUERDA

"HA VUELTO A OCURRIR, ¿verdad?", preguntó su madre, mientras ayudaba a Brandy a bajar del carro de la compra. "¿Qué ha pasado esta vez?

"Lo siento, mamá -dijo la adolescente, agachándose para atarse el zapato. Sus manos se sentían tan bien ahora que ya no estaban atadas.

Su madre se agachó y susurró: "¿Ha sido igual que las otras veces? ¿Te desmayaste?

Se levantó y miró hacia la puerta.

"Cuéntamelo", dijo su madre, colocando a su hija delante de ella para que estuvieran cerca y nadie más pudiera oírlas. Además, no había nadie más en su pasillo.

"Estaba en la escuela, en las audiciones. Un chico tocaba solo la batería y cantaba. Era realmente excelente".

"Y también soñador, supongo", preguntó su madre.

Sintió que se le calentaban las mejillas. "Mi corazón se aceleró, se aceleró y me sudaron las palmas de las manos y me sentí rara. Lo siguiente que supe es que estaba atada en la parte trasera de un vehículo en marcha".

"¿Atada? ¿En un coche? ¿En el coche de quién? ¿Quién conducía? ¿Adónde ibas?"

"No reconocí el coche, ni al conductor. Hablaba con alguien, utilizando uno de esos micrófonos de manos libres. Conducía bien hasta que entró en la autopista. Entonces condujo como un loco y yo fingí que se había desabrochado el cinturón de seguridad. Cuando se apartó de la carretera y paró, le di una patada tan fuerte que se cayó y salí corriendo".

"Menos mal que escapaste. ¿Se paró alguien a ayudarte? Espero que tengas su número, así podré llamarle y darle las gracias".

Brandy no habló, porque estaba recordando los coches, uno, dos, tres mientras la atropellaban y moría. Otra vez. Y acabó en el supermercado con su madre, otra vez.

"Háblame", dijo la madre de Brandy.

"Morí, otra vez", dijo Brandy, "y acabé aquí. Otra vez".

Se sentó en el suelo, o más bien le flaquearon las rodillas y se dejó caer de rodillas. Su madre la siguió, como un dominó.

Se sentaron juntas, cogidas de la mano, sin hablar.

CAPÍTULO 11
BRANDY ENTONCES

"¡Date prisa, Brandy!", le había dicho su madre la última vez. La última vez que su única hija había muerto... y resucitado.

Cuando la mayoría de los padres tenían que ir al supermercado con sus hijos a cuestas, no podían salir de allí lo bastante rápido.

Brandy no era uno de esos niños. Prefería las tiendas a los parques, los deportes... casi todas las actividades. Llevarla de compras era la única forma de sacarla de casa.

No era del todo culpa de Brandy. Había nacido con una rara enfermedad cardíaca. Decían que ya se le pasaría. Así que correr y jugar con los otros niños no era una opción para ella.

En consecuencia, había llegado a amar el centro comercial, pero lo que más le gustaba era la tienda de comestibles. Y las cosas siempre estaban bastante tranquilas en los pasillos de la comida. Excepto una vez que estaban repartiendo DVD gratis. Brandy se excitó tanto que no podía respirar, y tuvieron que llevarla de urgencia al hospital.

Entonces tenía tres años.

CAPÍTULO 12
BRANDY AHORA

Ahora que su hija tenía catorce años, parecía ocurrirle cada vez menos. Aun así, se preguntaba qué pasaría cuando fuera demasiado grande para caber en el carrito de la compra.

"¿Por qué aquí, crees?" preguntó la madre de Brandy, "¿Por qué siempre tú y yo sólo y aquí?".

"No lo sé mamá, pero sí sé una cosa. Quiero ir de compras. Quiero comprar comida y bebida y, me voy. Quédate aquí si quieres, volveré enseguida. Toma, juega al Solitario en tu teléfono. Calmará tus nervios y comprar calmará los míos".

La mujer se sentó en el suelo, mientras los carros iban y venían centrando toda su atención en el juego del Solitario. Su hija la conocía muy bien. Aun así, lo que intentaba no preocuparla era cuánto -no qué- contarle a su marido. No se lo había dicho la última vez, cuando murió su hija, ni la vez anterior, ni la anterior. Sólo le había dicho que habían ido de compras y que había sido estresante.

"Estoy lista", había dicho Brandy, aquella vez que era una niña con los brazos llenos de cereales y tartaletas.

Entonces se dirigieron a la cola de la caja de autoservicio.

"¡Déjame a mí, mamá!"

Eso decía siempre Brandy. Le encantaba ver cómo la cajera escaneaba cada objeto. Y que Dios les ayudara si el escáner era erróneo.

Brandy y su madre, que ya habían terminado por hoy, volvieron al coche. Brandy se sentó delante y se abrochó el cinturón. Se pusieron en marcha y sólo se detuvieron brevemente en el autoservicio para comprar dos helados de chocolate caliente.

"Hoy hemos conseguido unas gangas excelentes", dijo Brandy entonces y lo repitió ahora.

"Sé que te encanta, pero aun así me gustaría saber más cosas sobre tu... incidente de hoy. ¿Recuerdas algo más de lo ocurrido? Debías de estar aterrorizada, estando sola en un coche con un desconocido... Lo que no entiendo es cómo ocurren estas cosas. ¿Fue ésta diferente de las otras veces? ¿Dijiste que un minuto estabas en la audición de la banda de la escuela y al siguiente estabas en un coche?".

"Sí, estaba esperando mi turno para actuar, con los demás alumnos. Todos estábamos escuchando a un chico que tocaba la batería. Era increíble, cantaba y tocaba. Me estaba acercando al principio de la fila cuando, ZAP, ya no estaba".

"Oh, no me gusta cómo suena ese ZAP".

"Así es como ocurrió, mamá. Primero me picaron las manos, luego las piernas, los brazos".

"¿No me habías hablado antes de los picores?".

"Suele ocurrir. Normalmente, me calmo. Esta vez nada funcionó y, bueno, ya sabes, la palabra Z".

"Tengo que preguntarlo, pero ¿crees que quizá esto ocurrió porque querías evitar la audición? Me refiero a audicionarte a ti misma. No es algo que te haya entusiasmado".

Brandy tamborileó con los dedos en el brazo de la puerta. "No me metería en un coche con un desconocido para evitar una audición", dijo.

"De acuerdo, cariño", dijo su madre, llorando. Se había equivocado, otra vez. Siempre se equivocaba cuando se trataba de las... ¿cómo llamarlas? Las aventuras viajeras de su hija.

"No pasa nada, mamá.

Condujeron en silencio durante un rato. Era un silencio cómodo.

"Quiero saber cómo ayudarte", dijo la madre de Brandy. "Para la próxima vez...".

"Sé que sí, mamá, pero no estás ahí cuando ocurre. Tengo que ser capaz de manejarlo yo sola".

"¿Hay alguna cosa que ocurra siempre, antes de que desaparezcas?"

"Ojalá pudiera recordarlo, mamá, pero como la última vez, no puedo". Miró por la ventana y se cruzó de brazos.

"Bueno, cuando estemos en casa podrás practicar, practicar. Así estarás aún más preparada para tu audición de mañana".

"Era una audición de un solo día. Así que este año no tengo ninguna oportunidad. Además, a papá no le gusta que practique, sobre todo cuando trabaja desde casa. Dice que le da dolor de cabeza".

"Papá no lo dice en ese sentido", dijo ella. "Hablaré con él. Después de todo, tú quieres tocar el piano, como trabajo, ¿no? Quiero decir algún día, después de que te gradúes. Y llamaré a tu profesor para pedirle una excepción a la regla".

"¡Me gustaría saber cómo fue esa conversación!", se rió. "Hola, Sr. Hopper, soy la madre de Brandy, y mi hija, bueno, viajó en el tiempo dentro de un coche a toda velocidad con un desconocido, y luego, murió. Así que, ¿podría hacer una prueba para usted mañana?".

"Eso es cruel", dijo su madre. "¿Has cambiado de opinión sobre lo de seguir una carrera musical? Seguro que siempre hacen excepciones con los estudiantes".

"Quizá lo hagan, pero no me molesta. Que me lo haya perdido. Siempre está la próxima oreja. Además, me gustaría ser compradora, creo que por eso siempre vuelvo al supermercado, o a la tienda de ropa. ¿Te acuerdas de aquella vez?".

Su madre asintió.

"Después de compradora, pianista, y luego profesora", dijo la adolescente, descruzando los brazos y mordiéndose las uñas.

Su madre la miró: "No, cariño. Morderse las uñas es muy antihigiénico". Brandy se sentó sobre las manos. "¿En ese orden?", dijo su madre riendo.

"Quizá al revés", chilló Brandy cuando entraron en la calzada. "Papá aún no ha llegado".

Utilizó el mando automático del garaje sin contestar a su hija. Sí, su marido llegaba tarde otra vez. Cada noche llegaba más tarde. Decía que el trabajo le retenía, que le obligaba a hacer horas extras sin pagarlas. Odiaba que no volviera a casa para ver a Brandy antes de que se acostara. Al menos habían preparado la merienda. Le prepararía la cena y la instalaría en su habitación. Así ella y su marido podrían cenar juntos. Sería una noche encantadora, los dos solos.

"Coge las bolsas", dijo.

"Vale, mamá", respondió Brandy mientras entraban.

CAPÍTULO 13
AUSTRALIANO OUTBACK

El niño del Outback, en el norte de Australia, había estado viviendo en una caja. Tenía doce años cuando lo encontraron. Su cuerpo estaba malformado, ya que estaba sentado con la espalda arqueada y las rodillas levantadas, como en una caja. Incluso cuando la abrieron y le dejaron salir.

No podía hablar, o no quería hablar. Hasta que empezó a confiar de nuevo. Entonces se estiró y su cuerpo se relajó.

Prefería las voces bajas, las voces susurrantes. Las cosas fuertes, los sonidos fuertes de cualquier tipo le asustaban. Temblaba y se encerraba en sí mismo. Buscaba y gritaba: "¡Caja!".

Lo habían guardado allí, en un rincón. Hasta que la gente de Sydney dijo que nunca mejoraría si no la destruían.

Les ayudó a hacerlo, con un mazo, casi tan grande como él. Cuando lo hicieron añicos, sus ojos se pusieron en blanco y desapareció. Lejos. En algún lugar de su mente. Inalcanzable.

Nadie sabía quién era. O a quién pertenecía. ¿Qué clase de padres encerrarían a su hijo en una caja, como a un animal?

Aun así, no le habían matado de hambre. Al menos, no de comida. Y no estaba deshidratado.

Lo que significaba que había alguien cerca. Esperaron, guardas y agentes, a que volvieran, pero no lo hicieron. Así que debían de saber que la caja de la caja estaba fuera.

Un equipo de psicólogos instaló cámaras en la casa, para poder vigilar al niño a distancia desde Sidney.

Otros, de todo el mundo, querían "participar" en la observación del niño. Algunos estaban escribiendo disertaciones sobre el maltrato infantil, sobre la negligencia. Lucharon por ocupar los primeros puestos de la lista.

El niño se balanceaba de un lado a otro sin decir una palabra. "¡Caja!" había sido su único esfuerzo. Pero sabía lo que pasaba. Les oyó susurrar. Millonarios que querían adoptarlo. No se iba a ninguna parte. Se quedaba aquí. Éste era su hogar.

El niño, que nunca había dormido en una cama -o si lo había hecho, no lo recordaba-, no quería dormir en una ahora. En vez de eso, se hizo un ovillo y durmió en el suelo, en un rincón. Le servían la almohada y la manta que le habían dejado. Esos lujos quedaron intactos.

Mientras decidían qué hacer con él, nombraron a una Hermana. En Australia, las Hermanas también se llaman Enfermeras. En algunos casos, una Hermana es también una Hermana (una Monja.) Además, una Hermana Enfermera puede ser un Hermano. Si dicha Hermana/Enfermera era varón.

La Hermana/Enfermera del chico era una señora amable, que siempre llevaba el pelo recogido en un moño. Llevaba un uniforme blanco con zapatos a juego que chirriaban a cada paso que daba.

La primera vez que intentó taparle con una manta, gritó como si le hubiera atacado una nube furiosa.

"Ya está", dijo la Hermana. Se estremeció y levantó la manta. Se la echó sobre los hombros, y el niño jadeó.

"Es suave", dijo.

Se acurrucó en ella. La olió.

"Es muy suave y cálida", arrulló.

El niño alargó la mano y tocó el borde de la manta. La acarició, como si aún estuviera en la oveja donde se había originado.

"¿Te gustaría?" preguntó la hermana.

Él dijo que no durante dos días, y luego permitió que ella se la pusiera sobre los hombros. Después durmió con ella, como si fuera un ser vivo. La acunaba como a un bebé, le susurraba. Al final se consoló con él y no dejó que la Hermana se lo llevara ni lo lavara.

A la cuarta mañana de la libertad del niño, los animales empezaron a reunirse fuera, en el césped delantero de la propiedad. Primero llegó una canguro hembra. Saltó hasta el final de los escalones del porche, luego se sentó sobre las ancas y observó la puerta. A continuación llegó un emú e hizo lo mismo. Luego llegaron una urraca, una cacatúa y una galah. Los pájaros cantaban por turnos y sus voces parecían llamar al chico a salir. Antes no se había sentido inclinado a abrir la puerta ni a salir de ella. Sin embargo, cuando vio a los animales y a los pájaros, salió sin vacilar a su encuentro.

La hermana lo observaba desde detrás de la puerta principal de mosquitera. No le gustaban ni los perros ni los gatos ni los pájaros -de hecho, le daban miedo-, pero aquellos animales salvajes la aterrorizaban. Saldría si era necesario. Esperaba que pronto enviaran a alguien a ayudarla.

El chico se paró en el porche y aspiró el aire. Abrió los brazos, más y más, y llenó sus pulmones de aire del exterior. Lo respiró con avidez.

La hermana, que deseaba que fuera su propio hijo, observó cómo se expandía su pecho dentro de su pequeño cuerpo.

Entonces ocurrió.

El niño empezó a elevarse, como un globo que levanta el vuelo, sólo que no era un globo ni estaba atado a una cuerda: era un niño.

La Hermana salió corriendo. Le quería, y él se estaba escapando. Detrás de ella chocó la puerta mosquitera.

"¡ESPERA!", gritó, tendiéndole la mano.

El niño se escabulló. Sus piececitos se elevaban. Llevándole fuera, más lejos. Mientras los tres pájaros lo transportaban, más y más.

Ella lo agarró, pero estaba demasiado lejos. Y así, observó, como una madre canguro levantaba los ojos.

Y el niño se dejó caer, sobre los hombros de la madre. Ella se sentó en alto, con los brazos alrededor del cuello del canguro, y se puso a saltar. Junto a ellos, un emú seguía el ritmo.

La hermana, sin saber qué más hacer, corrió al interior para coger las llaves del coche. Arrancó el motor y siguió al chico hasta que dejó de verlo.

El niño que antes vivía en una caja, había sido sacado del mundo humano. Había ido al mundo donde los animales cuidaban de los suyos. Y este niño era uno de los suyos. Era de la familia.

Y el niño cantaba canciones, con las voces que conocía desde lo más profundo de sí mismo. Y reía a carcajadas y era feliz, mientras se dejaba llevar, al lugar de su corazón. El lugar donde estaba, lo que siempre había estado destinado a ser.

CAPÍTULO 14
CHICO SOLITARIO

En el bosque prohibido de Japón, sonó el grito de un niño. Los pájaros se reunieron, uniéndose al canto, amplificando la petición de ayuda del niño solitario. Llegó un autillo, espantando al resto de las aves. Se sentó cerca, vigilando y esperando.

Sonó la alarma de un coche. Su ulular ahogó los gritos del niño. Estaba en un asiento para bebés. Uno que solía estar en el asiento trasero de un coche.

"Clic, clic", y la alarma del coche se detuvo, el tiempo suficiente para que la conductora oyera los débiles llantos del niño. Ella y su marido se precipitaron al bosque, donde encontraron al niño asustado y solo. Juntos le consolaron.

Varios waxwings se quedaron, observando. Evaluando la situación. Crujían sus plumas y gorjeaban. Como si informaran en directo del rescate del niño.

La mujer desató al niño. Lo abrazó y le hizo preguntas que él era demasiado pequeño para responder. Preguntas como: "¿Dónde está tu Haha, Ko? ¿Dónde está tu Otosan?" (Traducido: ¿Dónde está tu madre, niño? ¿Dónde está tu padre?"

Su marido buscó por la zona. Llamó en voz alta. Cuando nadie respondió, buscó señales. Huellas de adultos. No encontró ninguna.

"No hay pisadas", dijo, sacudiendo la cabeza con incredulidad. Para él, el bosque no era su lugar favorito. Prefería las ciudades y el ruido. Había sido él quien había activado accidentalmente la alarma del coche. Esperaba que su mujer quisiera marcharse. Le había prometido comer en su restaurante favorito. Fue entonces cuando oyó al niño y corrió hacia el bosque.

Había seguido a su mujer, por su seguridad. En la ciudad, evitaban las zonas donde podían acechar los depredadores. Atraían a personas desprevenidas y confiadas -como su mujer- hacia el peligro.

El bosque, este bosque en concreto, estaba lleno de sonidos. Vivo, de luz. Y el niño, no podían dejar al niño.

"Vámonos", dijo. "Lo llevaremos al hospital, para asegurarnos de que está bien y puedan comprobar con la policía a quién pertenece".

Sostuvo al niño cerca de su pecho, pasándole la mano por la espalda, como haría una madre con su propio hijo. En su mente, era sólo eso, su hijo. El hijo que nunca había podido tener, la había llamado y ella había entrado en el bosque prohibido y lo había reclamado.

"Es mío", dijo, primero desafiante, luego más suavemente, "quiero decir, nuestro. Nuestro bebé. El hijo que siempre has querido".

Su marido miró al niño. Los necesitaba. Era demasiado pequeño, demasiado joven para recordar nada anterior. Ya confiaba en ellos. Nadie lo sabría, pensó. Y sin embargo, ¿era correcto tomar a ese niño como propio?

"Nadie lo sabría", dijo su mujer, como si hubiera leído sus pensamientos.

Esto ocurría a menudo, después de doce años juntos. Pensaban cosas parecidas. Hablaban al mismo tiempo. Terminaban las frases del otro.

Eran una pareja cariñosa y estable. Juntos tenían mucho que dar a un niño. Sin embargo, el destino no les había deparado uno propio.

Le entregó el niño a su marido y esperó.

Los pájaros de arriba veían cómo le temblaban los brazos. Cantaron, animándola a coger al niño. Ayudándole a decidir que el niño ya era suyo.

Ella ya lo había reclamado en su corazón y en su alma. También lo había hecho su marido, pero él estaba dividido por el egoísmo. Quería hacer lo correcto, no lo egoísta.

"¿Te gustaría venir a vivir con nosotros?", le preguntó al niño.

Aunque no respondió, los tres se dirigieron de nuevo al aparcamiento. Pusieron al niño en medio del asiento trasero, lejos de los airbags.

Los pájaros y el búho asintieron, y luego se alejaron volando hacia el bosque.

CAPÍTULO 15

UNA MUJER

Una anciana se mece en su silla, adelante y atrás, adelante y atrás. Sus recuerdos son fugaces, como las nubes. A menudo fuera de su alcance.

La confusión avanza. Pronto sustituirá todo lo que hay en su mente por la nada.

La demencia no elige a sus víctimas en función de los deseos o necesidades del enfermo. Su propósito: confundir. Enajenar. Borrar.

Ella se había enfrentado a ello, hasta que un día todo se puso patas arriba.

Así lo llamaba ahora, patas arriba. O T/T para abreviar. Lo otro había sido malo, cada vez peor. Pero "patas arriba" significaba que no estaba loca y, sobre todo, que ya no estaba sola.

En su mente, lo veía todo. A veces sucedía a cámara lenta, como si hubiera pulsado un botón del mando a distancia. A veces las escenas se reproducían una y otra vez, hacia atrás, hacia delante, en bucle. Otras veces estaba en medio de los acontecimientos, observando de primera mano como una reportera.

Cuando ocurrió por primera vez, tuvo miedo de que la hirieran o la mataran. Había presenciado cosas que ponían los pelos de punta. Pero cuando se dio cuenta de que los que la rodeaban no podían verla ni oírla, pudo relajarse. Salvo los arcángeles, sabían que estaba allí, pero no dejaban que su presencia fuera conocida por los demás.

Como cuando su mente voló a Holanda. Se había acomodado, observando a la niña. Había gritado cuando la niña perdió la vista. Se sintió impotente, incapaz de hacer otra cosa que mirar. Eso también cambió con el tiempo.

Entonces Lia y E-Z se hicieron amigos, y se añadió Alfred, el cisne. Ella los observaba, escuchaba. Se sintió como un miembro invisible e inaudito de su equipo. Les vio trabajar juntos y convertirse en firmes amigos.

De repente, habló a Lia en su mente, y la niña respondió. Un mundo completamente nuevo se abrió para Rosalie.

Al principio su conversación era algo limitada. Aunque había una gran diferencia de edad, las dos tenían algunas cosas en común. Como su amor por el ballet.

Desde que los arcángeles cambiaron las reglas, Rosalie vigilaba aún más a Los Tres. Aun así, estos intercambios no bastaban para desafiar su mente, para mantenerla ocupada.

Fue entonces cuando Rosalie descubrió a Los Otros. Niños con habilidades únicas en otras partes del mundo, con los que podía hablar.

Primero fue Brandy, una adolescente que vivía en Estados Unidos. Después se comunicó con Lachie, también conocido como El Niño de la Caja. En tercer lugar, pero no el último, estaba Haruto, que vivía en Japón. Haruto era el más joven de todos. Los tres niños tenían habilidades. Y ella era la única conectada.

Por ahora, Lia la mantenía conectada con Alfred y E-Z, pero pronto tendría que hablarles de los demás.

Rosalie tembló cuando llegaron los ayudantes con su comida. Gelatina roja. Su favorita. Se comió la primera después de echarle un poco de nata. Crema que debería haber ido a parar a su café.

En su cabeza dio las gracias a la chica que le entregó la comida, porque Rosalie no podía hablar. No podía hablar. Su única forma de comunicarse era su mente...

Convocar a Los Tres para que la visitaran en la Residencia de Ancianos no parecía lo más adecuado. Por ahora, dejaría que Lia la mantuviera en secreto, y tomaría notas sobre Brandy, Lachie y Haruto y las pondría en un libro.

Tendría que ocultarlo, a los arcángeles. Mantendría un archivo secreto. No iba a perder la pista de esos chicos, pasara lo que pasara.

"¡Oh!", exclamó, rebuscando en el cajón superior de la mesilla de noche que tenía junto a la cama. Recordó un regalo. Un cuaderno. En la portada ponía: "¡Feliz cumpleaños!".

Garabateó en las primeras páginas. No pronunció ninguna palabra, pero cuando llegó a la decimotercera página... Trece para ella siempre había sido un número de la suerte, empezó a escribir sobre Brandy, Haruto y Lachie. Había tanto que escribir. Cuando le dolió la mano, se detuvo, la flexionó un rato y volvió a escribir.

Rosalie se preguntó si habría otros niños además de aquellos tres nuevos. Si esperaba un poco, quizá ellos también le hablarían. Sería mejor contar su secreto cuando todos los niños se hubieran revelado.

Rosalie tuvo cuidado de no escribir "Secreto" o "Privado" en el exterior del libro. Y se alegró de que no tuviera llave. Esas tres cosas harían que cualquiera que viera el cuaderno quisiera leerlo. Sentirían curiosidad, como un gato. Había mucha gente de su edad que sentía curiosidad. Pero no querrían leer después de ver las trece primeras páginas desordenadas.

Hojeó el libro hasta el final. Rosalie llenó las últimas trece páginas con una letra aún más desordenada. Luego volvió a guardar el libro y los bolígrafos en el cajón y lo cerró.

Sonrió, se recostó en la almohada y apoyó el brazo pensando en la cena. Sobre todo en el postre.

CAPÍTULO 16

INCORRECTO VS CORRECTO

Hay un mundo en el que vivimos, un mundo que está lleno de gente buena y mala. Un mundo controlado por seres humanos, que son defectuosos e imperfectos. Personas que no son robots... No están programadas para ser buenas o malas.

Aprendemos nuestras vidas, de lo que vemos, de lo que notamos, de lo que nos enseñan y en lo que nos convertimos.

Aprendemos de los cimientos que se han establecido para nosotros. A medida que crecemos y ampliamos nuestros horizontes, hay que tomar decisiones.

Depende de nosotros aplicar los conocimientos aprendidos. Elegir entre el bien y el mal.

A lo largo de los tiempos, se ha engañado a grandes personas. Gente grande y poderosa. Incluso adultos.

A veces la decisión es fácil. Sin zonas grises. A veces hay fuerzas fuera de nuestro control que nos guían. Otros nos empujan a seguir su código ético. A veces hay elementos inesperados.

Digamos que estamos en un camino y alguien pone una barricada. Podemos quitarla o detenernos y esperar a que la persona la quite. Podemos elegir.

La vida consiste en elegir. Las elecciones que hacemos pueden alinearnos para toda la vida. Seguimos ese camino, con los ladrillos colocados a partir de nuestras buenas decisiones.

O podemos dejarnos llevar por el mal camino. Engañados. Engañados para ir en contra de lo que sabemos que es verdad.

Cuando eso ocurre, todo puede derrumbarse, como fichas de dominó.

Y nuestras acciones -o inacciones- tendrán consecuencias. No sólo para nosotros. Lo que hacemos afecta a los demás.

Y al final, después de morir, todos somos atrapados y sostenidos en los brazos de nuestros Atrapasalmas.

Las Furias -tres diosas malignas- están tomando el control de los Atrapasalmas.

Los Atrapasalmas están siendo secuestrados.

Las almas vuelan sin hogar.

Almas sin hogar.

El caos está en el horizonte.

¿Dónde te quedarás?

CAPÍTULO 17
ROSALIE EN LA SALA BLANCA

Rosalie abrió los ojos. Era la hora de comer y había pedido una bandeja de desayuno. Su habitación estaba de camino al comedor. Cuando llevaran la comida, sentiría el olor del tocino. Se le hacía la boca agua. Y el café. Esperó su turno. No tenía más remedio que esperar su turno.

Sabía que preferían dar de comer a los residentes en el comedor. Comprendía la necesidad de respetar un horario. Aun así, sabía que acabarían por atenderla. Siempre lo hacían en la residencia en la que vivía.

Observó un cardenal en un árbol junto a la ventana y pensó en salir de la cama para verlo más de cerca. Pero cuando echó las sábanas hacia atrás y pisó la alfombra, se sintió rara. Confusa.

Y aterrizó en la Habitación Blanca.

Nada había cambiado desde que E-Z había estado allí. Y Rosalie no tardó en ponerse en pie y empezar a explorar.

Mientras recorría las estanterías con los dedos, tuvo una sensación de déjà vu. ¿Había estado antes en esta habitación?

Se dirigió al centro de la habitación y se giró. Las estanterías seguían y seguían. Hasta donde alcanzaba la vista. Su altura la mareaba y deseaba sentarse y recuperar el aliento.

BINGO

Apareció una silla cómoda y se dejó caer en ella. Se recostó y, al darse cuenta de que tenía ruedas y podía girar, la hizo girar. Y la giró. Luego cerró los ojos y descansó. Se alegró de no haber desayunado aún, pues tenía el estómago un poco revuelto cuando, encima de ella, algo se movió.

O se lo había imaginado.

"¡Tú!", gritó, señalando a nada ni a nadie. "Te he visto moverte, pequeño... lo que quiera que seas, sal, sal", la persuadió.

Decidió que se lo había imaginado y volvió a investigar su entorno. Y a preguntarse cómo había llegado a este lugar.

"¿Estoy en mi habitación, imaginándome que estoy en este lugar? Utilizó las uñas para clavarlas en los brazos de la silla. Vio cómo raspaban marcas en la superficie de cuero. Las marcas eran ligeros arañazos, lo bastante ligeros como para eliminarlos frotando un poco. Al fin y al cabo, era una invitada, y los invitados siempre deben cuidar el lugar que visitan. De lo contrario, no se les volvería a invitar.

Por encima de ella, algo volvió a moverse. Esta vez iba acompañado de un batir de alas. ¿Había un pájaro atrapado allí arriba, incapaz de salir?

"Ya voy, pequeña", dijo, levantándose y caminando hacia la escalera.

La estructura de madera, como si pudiera leerle la mente, rodó por el suelo y se detuvo a sus pies.

"¡Sube!", dijo.

Rosalie lo hizo, y hasta que no se movió sola no se dio cuenta de que aquella cosa le había hablado.

"Eh, gracias", dijo, mientras se detenía.

"De nada", dijo la escalera. "¿Buscas algún libro en particular?".

Rosalie se rió. "Me ha parecido oír un pájaro. Shhhh".

La escalera se rió. "Aquí no hay pájaros, señora. El sonido que oyes procede de los libros".

"¿Libros con alas?""Sí", respondió la escalera. Y luego: "¡Tú! Ven aquí!"

Rosalie vio cómo un grueso libro negro se empujaba hasta el borde de la estantería. Entonces le brotaron alas por delante y por detrás. Bajó volando y aterrizó en las manos de Rosalie.

"¡Vaya!", dijo, mirando el lomo. "Creo que éste ya lo he leído".

DWOING.

El libro se arrancó de sus manos y volvió a su posición original en la estantería.

"Lo siento", dijo Rosalie. Luego a la escalera: "Espero no haber ofendido al señor Dickens".

"Si ya has terminado conmigo", dijo la escalera, "¿puedo sugerirte que te bajes?".

"Siento haberte hecho perder el tiempo", dijo ella.

"No lo has hecho. Me alegro de haberte servido".

Rosalie bajó y la escalera se dirigió a toda velocidad al otro lado de la habitación.

Rosalie se palpó la frente, no estaba febril. Su nivel de azúcar en sangre debía de haber bajado demasiado. Y ahora no podría comer, no durante horas. Y aquella ladrona de Agnes Lindsay le robaría el desayuno. Se colaría en su habitación y se lo comería todo. Cuando las asistentas volvieran a recoger la bandeja, pensarían que Rosalie se lo había comido. Rosalie y Agnes eran enemigas acérrimas.

Para olvidarse de su estómago ruidoso, Rosalie se concentró en los libros. En un libro en particular. Un libro que le encantaba leer una y otra vez cuando era pequeña. Se titulaba Ana de las Tejas Verdes, de... No recordaba el nombre de la autora.

"Lucy Maud Montgomery", dijo la escalera, mientras se acercaba a su lado. "Hop one", dijo.

"Ah, gracias por el ofrecimiento, pero estoy demasiado hambrienta y quizá demasiado mareada para subirme a ti".

"Siéntate", dijo la escalera, "por ahí". Entonces la escalera silbó y en lo alto de las estanterías un libro avanzó. Le salieron alas por delante y por detrás, y voló hasta las manos de Rosalie. Ella lo abrazó contra su pecho.

"Gracias", dijo.

"¿Eso es todo?", preguntó la escalera.

"Sí, a menos que tengas un par de gafas de lectura extra escondidas en algún lugar de esta habitación".

BINGO.

Sus gafas aparecieron y se colocaron perfectamente rectas sobre su nariz.

La escalera volvió a su posición anterior.

A Rosalie le dolían los tobillos.

BINGO.

Un pie apareció bajo sus pies.

Abrió el libro. Dentro había un boceto de la homónima del libro, Anne Shirley. Pasó el dedo por el contorno del pelo rojo de la niña huérfana.

Anne le guiñó un ojo a Rosalie. Ésta parpadeó y le devolvió la sonrisa. Ya había oído hablar antes de los libros interactivos, ¡pero éste se llevaba la palma!

Con manos temblorosas, desplegó el mapa de Canadá. Sus ojos siguieron las flechas que llevaban a la Isla del Príncipe Eduardo. En su mente recorrió la distancia hasta llegar a Tejas Verdes. Fuera de la casa estaban los Cuthbert. Esperando a Ana.

Pasó la página y se puso a leer. Se reía de cada aprieto en que se metía Ana.

Entonces a Rosalie le rugió el estómago y deseó algo que no fuera un desayuno. Una ensalada de gelatina. Algo que su madre le preparaba en ocasiones especiales cuando era pequeña. Lo que más le gustaba era la nata montada por encima.

BINGO.

Delante de ella había un arco iris de ensalada de gelatina con una cucharada de nata montada por encima. Pensó en la cuchara y

BINGO.

Apareció una. Pero entonces recordó cómo la regañaban su madre y su padre si se comía primero el postre. Pensó en puré de patatas. Vaporoso y caliente, con mantequilla derritiéndose por encima. Ah, y pastel de carne con ketchup. Y guisantes recién cogidos del huerto.

BINGO.

Delante de ella había un enorme cuenco de puré de patatas. La mantequilla se derretía por los lados. Era una obra de arte. Parecía demasiado bueno para comérselo.

Al lado había un cuadrado de pastel de carne con un poco de ketchup por encima.

Y en un cuenco aparte, guisantes. Con una ramita de menta encima.

Sonrió. De pequeña no le gustaba que le tocaran la comida. En esta sala, el chef sabía lo que le gustaba.

Pero el cocinero se había olvidado de darle utensilios para comer. Se imaginó un cuchillo y un tenedor.

BINGO.

También llegaron. Comió con avidez. Cuidado de no dañar Ana de las Tejas Verdes. El libro, sintiendo la necesidad de protección, voló y se quedó suspendido en el aire, donde Rosalie podía alcanzarlo fácilmente.

Rosalie se lo comió todo, incluida la ensalada de gelatina, que se sacudía en la cuchara.

Cuando terminó

BINGO

desaparecieron los platos, los cubiertos, etc.

Tras unos instantes de agradecimiento por la comida que le habían dado, levantó la vista hacia el libro.

Si voló hacia ella, y reanudó la lectura.

Leyendo y esperando.

No sabía a qué o a quién estaba esperando.

CAPÍTULO 18

CHARLES DICKENS

En la ciudad de Londres, Inglaterra, un contenedor metálico cayó del cielo.

El contenedor en sí no era largo, ni tenía forma de silo. De hecho, a lo que más se parecía era a una cápsula. La diferencia era que este objeto tenía forma cuadrada y no tenía ventanas. En lugar de ventanas, tenía espejos en todos los lados. Además, al ser plana, cuando cayó al agua patinó con una fuerza tremenda. Aterrizó en la orilla del río Támesis.

Observándolo todo, había dos detectives llamados John y Paul. Ambos tenían unos treinta años. Se ganaban la vida con los beneficios de la detección. Por lo tanto, se les consideraba Detectoristas Profesionales.

El horario de los Detectoristas era variado. Eran autónomos y responsables del mantenimiento y la gestión de sus herramientas.

Un Detector necesitaba muchas herramientas. No quería salir a excavar sin estar preparado. La mayoría llevaba consigo una caja de herramientas a todas partes. Dentro había artículos esenciales. Por nombrar sólo algunos: auriculares, fundas para la lluvia, arneses, herramientas de excavación, paletas, un cinturón de herramientas, un delantal (con bolsillos), una bolsa impermeable, una mochila y una bolsa de basura.

La mayoría de las excavaciones de John y Paul fueron en Londres, en el Támesis. Como exige la ley, llevaban permisos Standard y Mudlark. Se los concedió la Autoridad Portuaria de Londres.

El permiso les permitía excavar hasta una profundidad de 7,5 cm si era necesario (la escalera era necesaria tanto si tenías intención de excavar como si no).

En el caso del objeto cuadrado -que había aterrizado delante de ellos- había que pensar un poco. Antes de cogerlo y reclamarlo.

"¿Te apetece verlo más de cerca?" preguntó Paul.

John, que no hablaba mucho, asintió.

Avanzaron penosamente, con las herramientas en la mano. Sus botas de agua chirriaban y rechinaban, desplazando barro y agua a cada paso. La orilla del río solía estar muy embarrada, tras varios días de lluvia constante.

"¡Reclama!" dijo Paul.

"Me parece justo", dijo John.

Aunque ambos lo habían visto exactamente al mismo tiempo, sabía que también estaba reclamando en su nombre. Eran compañeros, siempre lo habían sido y nada cambiaría eso jamás.

Ambos avanzaron hasta llegar a ella. Era como una bola de espejos cuadrada y cuando intentaron examinarla lo único que vieron fueron sus propios reflejos en ella.

"Necesito un corte de pelo", dijo John.

Paul se burló, mientras tocaba el lateral con la punta de la bota. "Tiene que haber una forma de abrirlo", dijo.

"Es demasiado grande para que podamos darle la vuelta", dijo John, mientras sacaba una cinta métrica del bolsillo y medía la altura de uno de los lados. Mostró el resultado a Paul, que decía 60 centímetros.

Caminaron alrededor del objeto. Deteniéndose para golpear, golpear de vez en cuando. Con cuidado de no dejar huellas sucias en el objeto espejado. Pero con la esperanza de tocar un botón secreto y abrirlo.

Y escuchando. Para asegurarte de que no sonaba.

"¿Quizá deberíamos llevarlo al museo o informar de nuestro descubrimiento?". sugirió Paul. "Enviarían un camión o una grúa para recogerlo y transportarlo. Después de que los artificieros le echaran un vistazo".

John negó con la cabeza.

"Si envían a los artificieros, la volarán. Habrá cristales rotos por todas partes y nuestra reclamación será inútil".

"Cierto, cierto", dijo Paul. "A esos tipos les encanta volar cosas. Es una ventaja, ¿no?".

"Creo que sí. ¿Qué hacemos ahora? No hace tictac. Estamos claros en ese sentido".

"Sí. No hace falta el escuadrón", dijo Paul. Caminó alrededor del objeto, con las manos a la espalda. Era su andar pensante. John le seguía por detrás, igualando sus pasos, con las manos a la espalda.

Paul dijo: "Tenemos que averiguar qué es y cuántos años tiene. Sólo tenemos que reclamar ciertas cosas según la Ley del Tesoro de 1996. No parece oro ni plata y definitivamente no parece tener más de trescientos años. Puede que este hallazgo sea nuestro y sólo nuestro, es decir, puede que no tengamos que informar de él a nuestro FLO (Oficial de Enlace de Hallazgos) local.

"Definitivamente no es oro ni plata", dijo John, golpeando el objeto metálico y escuchando. Sonaba hueco. Lo golpeó en varios sitios y escuchó.

Por encima de ellos aparecieron dos luces.

Una era verde y la otra amarilla.

Se posaron en la parte superior del objeto.

"¡Fuera!" dijo Paul.

"¿Nos estamos volviendo locos?" preguntó John, rascándose la cabeza.

"No lo creo", respondió Paul.

Las luces se elevaron y flotaron alrededor. Ambas se dejaron caer al pie del contenedor. Cuando se asentaron, las luces lo levantaron y lo mantuvieron en su sitio. Segundos después empezó a girar, lentamente al principio, luego acelerando. Pronto empezó a girar a gran velocidad. Mientras giraba, empezó a cantar con una voz aguda.

Los detectives cayeron de rodillas y se taparon los oídos con las manos. Sentían náuseas en el cuerpo, como si estuvieran mareados. Y tenían mucho miedo.

"¿Qué está pasando? chilló John.

"¡Creo que la cosa está eclosionando!" replicó Paul.

Mientras el recipiente caía al suelo, palpitaba. Tembló. Se estremeció. Mientras la caja espejada se abría, una parte de ella descendía como un puente levadizo hacia la orilla cubierta de hierba.

"¡Arrgggggh!", gritaron los detectoristas.

Esperaron, mirando a través del espacio entre sus dedos. Ya no les interesaba reclamar la cosa. Ya no les interesaba su valor.

Salió un niño.

"Es un niño", dijo Paul, poniéndose en pie.

John también se levantó y se puso las manos en las caderas.

"Espera", dijo Paul. "Va vestido como uno de esos niños de Oliver Twist".

"He vuelto a nacer", exclamó el chaval, inclinando la gorra y volviéndosela a poner en la cabeza. Se estiró, bostezó y observó lo que le rodeaba. "¡Mira, ahí! Los edificios del Parlamento. Han cambiado desde la última vez que los vi. Y escucha", dijo mientras el reloj daba una, dos y tres campanadas. "¿Por qué han metido La Gran Campana en una jaula?", preguntó.

"¿Cómo que una jaula? Se llama Big Ben", dijo Paul. "¿Y por qué vas vestido así? ¿Asistes a una fiesta de disfraces?"

El muchacho se palpó la parte delantera del chaleco. Comprobó que llevaba el chaleco bien abrochado y que las perneras del pantalón estaban bien bajadas. Estaba más acostumbrado a llevar pantalones cortos y los más largos siempre querían abrigarlo. En la cabeza llevaba un sombrero que se quitó antes de volver a hablar.

"¿Conoces el camino a Portsmouth?", preguntó. "Mamá y papá se preocuparán por mí".

Los detectives se miraron, pero ninguno habló. Por una vez en sus vidas, se habían quedado sin habla.

"Me voy", dijo el muchacho, poniéndose de nuevo el sombrero.

POP.

POP.

Hadz y Reiki llegaron, y se bloquearon volando directamente ante los ojos del joven.

"Charles Dickens, tienes que quedarte con estos dos hombres. Ellos te llevarán donde tienes que estar. Tienes que estar con E-Z".

"¿Qué han dicho?" dijo John, frotándose las orejas. "Creo que me estoy volviendo loco".

"Han dicho que es Charles Dickens. ¡Charles Dickens! Y se supone que tenemos que ayudarle a llegar a E-Z, sea quien sea, cuando esté en casa", replicó Paul.

Charles Dickens. EL Charles Dickens. También conocido como el pariente lejano de E-Z y Sam... Inclinó la gorra hacia las dos criaturas parecidas a hadas. "Una vez tuve un libro con un hada en la portada, de Grimm. ¿Lo conocéis?", preguntó.

Hadz y Reiki soltaron una risita y desaparecieron.

POP

POP.

Charles Dickens volvió a ponerse el sombrero: "Me voy a Portsmouth". Empezó a andar.

"No, no lo harás", dijeron los detectoristas al unísono.

"Claro que sí", dijo él.

"Portsmouth está muy lejos", dijo John.

Detrás de ellos, el cubo de espejos empezó a temblar y a traquetear. Entonces habló: "Este cybus autem speculatam se autodestruirá en 5, 4, 3, 2, 1, 0".

Los detectoristas cayeron al suelo, cubriéndose la cabeza con las manos.

POOF.

Y desapareció.

"¡Uf!" dijo Dickens. Luego señaló hacia el London Eye. "¿Qué demonios es eso?", preguntó.

Los detectives corrieron delante de Charles. Le guiaban y le despejaban el camino. Como dos defensas de fútbol lo mantenían a salvo. Esquivando bicicletas, peatones y perros callejeros.

Conduciéndole por otros caminos para evitar tranvías, taxis y patinetes.

"Se llama el London Eye y se pueden ver kilómetros y kilómetros allí arriba".

"¿Hay alguna posibilidad de que comamos algo pronto?" preguntó Charles, frotándose el estómago.

"¿Por qué no vienes primero a nuestra casa a tomar una taza de té?", preguntó Paul. "Mi madre prepara una taza de té buenísima y puede que incluso nos ponga una galleta o dos".

"Me parece bien", dijo Dickens. "Luego tendré que volver a casa. Mamá se preguntará dónde estoy. Se supone que no debo quedarme fuera hasta tarde, y teniendo en cuenta dónde está el sol, supongo que se pondrá pronto".

Cuando se acercaron a los Jardines del Convento, Dickens se fijó en una placa. "Mira aquí", dijo. "Mi nombre está escrito aquí".

John y Paul miraron a Charles Dickens.

"¿Qué?", dijo.

"Serás el autor británico más famoso de todos los tiempos", dijo John. "Y Oliver Twist es uno de tus personajes más famosos".

"¿Ah, sí?" preguntó Charles.

"Lo es", dijo Paul. "Y no pretendo ofenderte ni nada parecido, pero, ya sabes, William Shakespeare también es bastante famoso", dijo Paul.

"Shakespeare era dramaturgo. ¿Escribía obras de teatro?" preguntó Charles.

"No, escribías novelas. Pues entonces, quizá tenías razón".

Llegaron a casa de Paul: "Mamá, éste es Charles Dickens", le dijo.

Ella estaba en la cocina, llevaba un pinny (delantal) y se limpió las manos en la parte delantera del mismo antes de estrechar la mano de Charles.

"¿Tienes algún parentesco con EL Charles Dickens? preguntó la madre de Paul.

"Me alegro de volver a verte", dijo John, cambiando de tema. "¿Puedo ser tan descortés de pedir una taza de té con pan y mantequilla?".

"Vosotros tres entrad y sentaos, ahora mismo os lo traigo", dijo ella, echándoles de la cocina.

Se instalaron en el salón. Paul se sentó cerca de la ventana para poder mirar a través de los visillos.

Mientras tanto, John y Paul pensaban cosas parecidas. Cómo habían descubierto a Charles Dickens y cómo podían sacar algo de dinero de ello.

Paul buscó: ¿Cuándo murió Charles Dickens? Respuesta: 1870. Mostró la pantalla a John.

"¿Por qué querías ir a Portsmouth?" preguntó John.

"Yo vivía allí", dijo Charles.

"¿Tienes más libros?", preguntó Paul. "Me refiero a libros que aún no hayas publicado".

"No lo sé", dijo Charles. "¿He escrito muchos libros?"

"Sí, seguro que sí, Charles", dijo John.

"¿Alguno bueno?" preguntó Charles.

"Leí Oliver Twist cuando era un chaval y también Grandes esperanzas. Excelente, pero un poco largo para mi gusto", dijo Paul.

"Un Cuento de Navidad era bueno", dijo John, "No demasiado largo y una excelente lección aprendida".

La habitación permaneció en silencio durante unos minutos.

"Tengo que encontrar a ese tal Ezequiel Dickens, o como lo conocen sus amigos E-Z", dijo Charles. "No sé cómo lo sé, pero creo que vive en América". Bostezó y apenas podía mantener los ojos abiertos.

Entró la madre de Paul con una bandeja llena de golosinas. Todos comieron hasta saciarse y Charles se quedó dormido en la silla.

"Ah, el pequeñín está profundamente dormido", dijo la madre de Paul mientras le tapaba con una manta.

"Es tan pequeño", dijo.

"Pero es uno de los mejores escritores".

John intervino: "Lleva la escritura en la sangre, así que puede que algún día sea un gran escritor".

La madre de Paul se rió y subió a su habitación a ver un poco la tele.

Mientras tanto, Paul y John discutían qué debían hacer con Charles Dickens.

"Lástima que no podamos quedárnoslo", dijo John.

"Pues no creo que el museo lo acepte", dijo Paul.

Ambos acordaron investigar un poco sobre Charles Dickens en Internet.

POP

POP.

John y Paul miraban al frente como si estuvieran dormidos. Aunque estaban muy lejos. Hadz y Reiki les cantaron una canción que decía algo así

"Charles Dickens es sólo un niño.

No es el juguete de un detector.

Ayúdale a encontrar a su primo en EEUU.

Hazlo por la mañana o te haremos pagar".

Esta canción dio vueltas y vueltas en la cabeza de John y Pauls hasta que supieron lo que tenían que hacer.

"Encontraremos a E-Z Dickens", dijo Paul.

"Sí, es lo que hay que hacer", dijo John.

POP

POP.

Y se fueron.

CAPÍTULO 19
ROSALIE ABURRIDA

Rosalie estaba cada vez más cansada de leer Ana de las Tejas Verdes. Cuanto mayor se hacía, más difícil le resultaba concentrarse en una sola cosa durante mucho tiempo. Se quitó las gafas y deseó tener un antifaz de color lavanda para taparse los ojos.

BINGO.

Un antifaz suave con olor a lavanda le tapaba la luz y le aliviaba los ojos cansados.

"Es como si hubiera un genio mágico aquí dentro", dijo, cerró los ojos y se quedó dormida.

Cuando se despertó algún tiempo después y se quitó la máscara, estaba de nuevo en su cama de la residencia de ancianos. ¿Estaba loca o había hecho un viaje mental?

Rosalie sentía un poco de frío, probablemente debido al frío ambiente estéril en el que residía. A ciertas horas del día, la temperatura bajaba.

En esos momentos se daba cuenta de que los residentes estaban en sus habitaciones, mientras los asistentes ponían orden. Como estaban trabajando duro, no notaban el frío. No como los ancianos que no hacían nada.

BINGO

El cajón inferior de su armario se abrió, y su suave y esponjoso jersey rojo voló hacia ella. Se estabilizó mientras ella metía los brazos en él. Se acurrucó sintiendo su calor mientras la cosa se abotonaba.

"Es un acontecimiento bastante extraño", se dijo.

Se sentó en silencio, soñando con una taza de té caliente con abundante azúcar y leche.

BINGO.

Una elegante tetera con flores llegó a una mesa cercana. Cuando el té estuvo empapado, se sirvió en una taza a juego, añadió dos terrones de azúcar y un chorrito de leche.

"Tres terrones, por favor", pidió Rosalie.

Se añadió un tercer terrón.

La taza de té sobre un platillo flotó hacia ella.

"¿Qué tal una o dos galletas de mantequilla?

Se detuvo en el aire.

BINGO.

En el plato había dos galletas de mantequilla.

"Te has olvidado una cucharilla".

BINGO.

"Gracias", dijo, aún preguntándose si estaba alucinando y/o perdiendo la cabeza.

Aun así, el té estaba caliente, no demasiado. Dulce, pero no demasiado. Y le sentó de maravilla con el bizcocho.

Cuando bebió hasta la última gota de la taza....

BINGO

desapareció de su mano.

Se preguntó cuánto durarían estos trucos de magia o de su imaginación. Mientras duraran, los disfrutaría al máximo.

"¡Un momento!"

Recordó el libro. El que no quería que nadie pudiera leer.

"¿Puedes", preguntó al aire, "arreglarlo para que el otro pueda leer mi libro". Metió la mano en el cajón y lo levantó. "Así, los únicos que pueden leerlo, aparte de mí, son Lia, Alfred y E-Z. Nadie más. Si alguien más lo encuentra y hojea las páginas, todas estarán en blanco".

Esperó una señal. O un ruido, pero no hubo ninguno.

Devolvió el libro al cajón, se dio la vuelta y volvió a dormirse.

POP

POP

"¿Ya se ha dormido?" preguntó Hadz.

"Creo que sí. Está roncando".

"Ten cuidado de no despertarla. Pero tenemos que traerla a bordo, quiero decir, oficialmente".

"Los arcángeles le dieron poderes, para vigilar a Lia, E-Z y Alfred. Saben de ella", recordó Reiki.

"Eso es cierto, y ella será leal a esos niños. Y a los demás. Los arcángeles no saben nada concreto sobre ellos, y creo que es mejor así".

"De acuerdo. Entonces, ¿qué tenemos que hacer ¿Para que así sea?"

"Rosalie", le susurró Hadz directamente al oído izquierdo. "Quieres ayudar a Lia, E-Z y Alfred, ¿verdad?".

"Sí", susurró Rosalie.

Reiki habló. "¿Y qué pasa con los demás? ¿Estás dispuesta a protegerlos? ¿Incluso de los arcángeles?"

"Sí", respondió Rosalie.

"Muy bien", dijo Reiki. "Ahora, vamos a reforzar su memoria. No queremos que olvide lo que ha aceptado hacer, ¿verdad?".

Hadz y Reiki cantaron una canción,

"Los recuerdos son cosas hermosas.

Que flotan como anillos de humo.

Adelante y atrás, adelante y atrás

Deja que los recuerdos de Rosalie la mantengan en el camino.

Magia, magia en el aire y en el mar

Vinculando nuestro contrato con Rosalie".

POP

POP

Hadz y Reiki se habían ido, mientras la querida Rosalie seguía roncando.

CAPÍTULO 20
COUSINS

Por la mañana, en Inglaterra, mientras la tetera hervía John y Paul se preparaban. El ordenador estaba encendido y el buscador abierto.

"Prepararé el té", dijo John.

"Empezaré a teclear", dijo Paul, mientras tecleaba Ezequiel Dickens en la barra de búsqueda. "Oh", dijo. "Eso sí que ha sido inesperado".

John llegó llevando una bandeja con té, terrones de azúcar en un cuenco, tostadas calientes con mantequilla y un tarro de mermelada al lado.

"¿Has encontrado algo?", preguntó.

"Echa un vistazo a esto", dijo Paul, girando la pantalla y removiendo terrones de azúcar en su té.

Era la página web de los Tres Superhéroes. Vieron cómo se presentaba E-Z, seguido de Lia y Alfred.

"¿Esto es de fiar?" preguntó John. "Parecen tres personajes de la cadena de dibujos animados".

Entonces empezó la recreación del rescate de la montaña rusa. Paul pulsó PAUSA. Abrió otra ventana. Tecleó Rescate en parque de atracciones E-Z Dickens. Apareció un periódico con un artículo al respecto. "Es legítimo", dijo.

"¿Así que el pariente de Charles es un superhéroe?".

"¿Crees que nos parecemos en algo?" preguntó Charles. Aún estaba medio dormido con el pijama extragrande que le habían dado para dormir. Cogió una tostada del plato y la mordió.

"Los dos tenéis la nariz de Dickens", dijo John.

Charles miró más de cerca la parte pausada de la pantalla.

"Teniendo en cuenta cuándo nacisteis", dijo Paul, buscándolo en Google, en 1812 hasta ahora, E-Z sería tu séptimo u octavo primo lejano".

"¿Qué significa primo lejano?".

"Significa el número de generaciones que os separan", dijo John.

"Entonces, mi antepasado es un Superhéroe. ¿Qué es un superhéroe? ¿Es como en Sir Gwain y El Caballero Verde?".

"Ah, recuerdo haberlo leído en la escuela cuando era un chaval, sí, los caballeros y los superhéroes son parecidos", dijo Paul.

John se desplazó hacia abajo para ver si se mencionaba a E-Z Dickens en algún otro sitio. Había vídeos en YouTube de él jugando al béisbol antes de estar en silla de ruedas y después.

"Es todo un atleta", dijo John. "Y hace deporte en silla de ruedas".

"El juego se parece al Rounders", dijo Charles.

"Oh, espera, aquí hay algo sobre sus padres", dijo Paul.

Leyeron las necrológicas de los padres de E-Z, sobre el accidente que les había costado la vida.

"Pobre muchacho", dijo Charles. "Al menos ahora tiene a Sam, el hermano de su padre, para que cuide de él".

"¿Por qué no le llamamos?" preguntó Paul. Abrió el teléfono y llamó a información.

Charles miró por encima del hombro, mientras Paul hablaba por él y una voz de mujer respondía. "Necesito una taza de té", dijo.

John fue a la cocina a traerle una.

Mientras tanto, Paul pidió el número de un tal Ezequiel Dickens en Norteamérica. Cuando marcó y el teléfono empezó a sonar, Paul puso el altavoz.

"Hola", dijo Sam.

A Charles casi se le cae la taza de té.

"Hola, me llamo Paul y llamo desde Londres, Inglaterra. Me gustaría hablar con Ezequiel Dickens, por favor".

"Soy su tío, ¿puedo preguntar de qué se trata?". Sam caminó por el pasillo hasta la habitación de E-Z.

Los Tres estaban viendo una película en el nuevo televisor de pantalla plana. Sam cogió el mando a distancia y pulsó MUTE. Luego puso el teléfono en altavoz.

"Para ser sincero, no estoy muy seguro", dijo Paul. "No soy yo quien quiere hablar con él, es...".

"Yo". Una nueva voz se hizo cargo del teléfono. La voz de una persona más joven.

"¿Y tú quién eres?" preguntó Sam.

"Me llamo Charles Dickens".

Sam le pasó el teléfono a su sobrino. "Dice que se llama Charles Dickens".

"Te dije que hoy ocurriría algo extraño", dijo Alfred.

"Yo también", dijo Lia, "¡pero no sabía que tendría que ver con Charles Dickens!".

E-Z vaciló antes de decir: "Soy E-Z Dickens, eh, el Sr. eh, Charles. ¿En qué puedo ayudarle?"

Charles se rió. Era una risa nerviosa. No sabía qué decir. Nunca había hablado con alguien que estuviera al otro lado del mundo.

"He vuelto", soltó. "Para encontrarte. John y Paul, mis amigos, son (ahuecó la mano sobre el teléfono)... detectoristas...".

E-Z no había oído antes el término detectoristas.

"Utilizan aparatos para encontrar cosas", dijo Alfred.

Paul tomó el relevo. "Una cosa cayó al río. Charles Dickens estaba en ella. Dos luces, una verde y otra amarilla, nos dijeron que Charles tenía que ponerse en contacto con E-Z Dickens".

"¿Qué clase de cosa?" preguntó E-Z. "¿Era como un silo?"

"Aquí John", dijo una nueva voz. "No, era un cubo. Un cubo espejado".

E-Z se llevó la mano al teléfono: "No parece uno de esos silos".

"¿Te han enviado los ángeles?" soltó Lia. dijo "Por cierto, soy Lia y la otra voz que oíste era Alfred. Estamos aquí junto con E-Z y Sam".

"Encantado de conoceros a todos", dijo Charles.

"¿Cuántos años tienes?" preguntó E-Z.

"Unos diez, creo. ¿Es verdad que somos primos?"

"Sí", dijo E-Z, "y el tío Sam también es tu primo".

"Estamos conectados a través del espacio y del tiempo", dijo Charles.

"E-Z también es escritor", dijo Sam.

E-Z se encogió y sintió calor en las mejillas.

Sam le dio un codazo a su sobrino para que volviera a la realidad.

"Esto es mucho que procesar, Sr. Dickens, eh, quiero decir Charles. Tendremos que hacer planes para traerte aquí, o eso o yo puedo ir a verte. ¿Puedes quedarte un rato con John y Paul y volveremos a ponernos en contacto cuando sepamos qué hacer?".

Paul dijo: "Sí, mamá dice que Charles no es ningún problema. Puede quedarse con nosotros todo el tiempo que quiera".

"Te volveré a llamar", dijo E-Z.

El teléfono se desconectó.

"Por cierto -dijo Sam-, no había nada útil en el disco duro de Arden. Aparte de confirmar que estaban juntos en línea jugando a un juego de disparos multijugador".

"Es bueno saberlo", dijo E-Z, que ya se había dado cuenta por sí mismo.

CAPÍTULO 21
EL PLAN Y ROSALIE

En su habitación, E-Z, Lia y Alfred comentaban con el tío Sam la conversación que habían mantenido.

"No me puedo creer que el auténtico Charles Dickens nos haya llamado por teléfono", dijo Sam.

"Sí, pero lo que no entiendo es por qué está aquí. Y en qué ha venido", dijo E-Z. "Es decir, tiene diez años -pensó-. Y su modo de viajar suena raro, una caja cuadrada espejada. ¿De qué demonios va todo eso?".

"No parece una nave espacial", dijo Alfred. "No es que sepamos cómo sería una".

"¡Un momento!" dijo Lia.

E-Z la miró. "¿Estás pensando lo mismo que yo?".

Ella asintió.

"¿QUÉ?" inquirió Alfred.

"¿Recuerdas cuando los arcángeles nos convocaron para decirnos que uno de nosotros tenía que morir?". preguntó Lia.

Alfred y E-Z asintieron.

"Piensa en el contenedor. Como si volvieras a estar en él y recordaras las cosas que encontramos. ¿Los papeles que encontramos?"

"Ya veo a dónde quieres llegar. Te refieres a la información del otro mundo. ¿Sobre nuestras vidas en dimensiones alternativas?" preguntó E-Z.

"Exacto", dijo Lia.

Alfred rebotó en la cama.

"¿Qué? preguntó Sam.

E-Z se lo explicó lo mejor que pudo.

"A ver si lo he entendido bien", dijo Sam. "Todos tenemos vidas, en algún otro lugar aparte de aquí. Quiero decir en la Tierra. Hay otras versiones de nosotros mismos, que viven vidas distintas de la nuestra. En tiempos distintos, espacios distintos, dimensiones distintas".

"Así es", dijo E-Z.

"¿Podemos entonces cambiar de vida?" preguntó Sam. "Quiero decir, ¿cambiar el resultado? ¿Podemos evitar que ocurran cosas terribles?"

"No lo creo", dijo Lia. "Pero no sé cuánto quieren que sepamos sobre las otras dimensiones. Pero por lo que nos dijo Eriel, somos el centro. Todo lo demás que ocurre gira en torno a nosotros, y a las vidas que vivimos ahora".

"Entonces", dijo Alfred, "que Charles Dickens esté aquí tiene que tener algo que ver con Eriel y los demás".

"Sí, eso es lo que yo también pienso", dijo E-Z. "¿Pero por qué ahora? Las pruebas han terminado. Fue su elección. Aun así, parece que no pueden dejarme en paz".

"Traer de vuelta a Charles Dickens. Y una versión suya de diez años. Para mí no tiene ningún sentido", dijo Lia.

"Quizá cuando lo conozcamos", dijo Sam, "todo tendrá sentido".

"No si tiene que ver con Eriel", dijo E-Z. "Nada es sencillo con él".

"Parece que un viaje a Londres es nuestra única forma de averiguarlo", dijo Sam.

"Parece como si no hubiera estado allí hace tanto tiempo".

"Sí, te resultará fácil ir. Sólo tienes que apuntar con la silla en la dirección correcta y te vas", dijo Alfred. "Mientras que conmigo, hay mucha energía implicada con todo ese aleteo, y el viento es un factor".

"Podrías subirte a un avión si el Tío Sam te acompañara", sugirió E-Z. "Lo único que tendrías que hacer es sentarte con los demás pasajeros y disfrutar del viaje".

Alfred agachó la cabeza.

"No lo digo para que te sientas mal. Sólo te recuerdo que todos estamos en el mismo barco".

"Lo entiendo. Y gracias".

"Vale, ahora volvamos al asunto que nos ocupa", añadió E-Z. Apagó el televisor.

Lia se quedó mirando al frente, como si estuviera en trance. "¡Rosalie!", exclamó.

"¿Quién?" preguntó Alfred.

Lia siguió mirando al vacío.

"¿Está bien Lia?" preguntó Sam. "Apenas respira".

Lia se puso en pie. "Tengo algo que decirte. He conocido a alguien, no en persona, sino en mi cabeza. Está en mi cabeza y llevo bastante tiempo hablando con ella. Me ha pedido que no diga nada, todavía. Creo que podría estar relacionada con todo este asunto de la reencarnación de Charles Dickens".

"Te escuchamos", dijo E-Z, inclinándose más cerca.

"Se llama Rosalie. Vive en una residencia de ancianos de Boston y es bastante mayor. Tiene demencia".

"¿No es la que provoca la pérdida de memoria?" preguntó Alfred.

Pero en cuanto Rosalie oyó a Lia mencionar su nombre, se vio transportada en su mente y en su cuerpo a la habitación de E-Z. Se cernió sobre ellos, escuchando atentamente cada palabra que se decía. Se aclaró la garganta para ver si podían verla u oírla, pero no fue así. Deseó haber traído su cuaderno y su bolígrafo.

BINGO.

Ambos llegaron a sus manos. Sonrió y se dispuso a tomar notas.

"¿Quieres decir que estáis conectados a través de la percepción extrasensorial? preguntó Alfred.

"Creía que yo era el único que tenía percepción extrasensorial".

"No creo que sea exactamente PES. No de la misma forma que tú".

"¿Cómo es eso?" inquirió Alfred.

"Los recuerdos de Rosalie han desaparecido. Al menos la mayoría. Ni siquiera reconoce a su familia cuando vienen a visitarla. No la visitan a menudo. A ella no le importa, porque no le gustan. Pero, de algún modo, conectamos. Y lo sabía todo sobre nosotros y nuestros poderes. Nos ha estado cuidando, más o menos".

"¿Por qué nos lo cuentas ahora?" preguntó E-Z.

"Porque ella dijo que estaba bien. Y también mencionó la Sala Blanca. No ha estado allí una vez, sino dos. La primera vez la devolvieron sana y salva a su cama, pero esta vez no. Dice que ahora está allí y que no la dejan volver a casa".

"Como ambos sabéis, he estado en la Sala Blanca", dijo. "Es donde los Arcángeles me hicieron promesas por primera vez y me dijeron que volvería a estar con mis padres. Básicamente, donde me trajeron a bordo utilizando las pruebas".

Sam añadió: "Eriel me llevó una vez a la Sala Blanca. Fue bastante agradable, al menos al principio, hasta que no me dejó salir".

"Sí", dijo E-Z, "Eriel no tiene tacto. Y es un lugar bastante agradable. Consigues todo lo que pides pensando en ello, como la magia. Y hay libros,

libros con alas. Pero no quiero entrar en demasiados detalles, centrémonos en Rosalie. ¿Qué pasa ahora?

Rosalie se rió, pensando qué pasaría si le dijera a Lia que estaba en dos sitios a la vez. No, eso podría asustarlas. Habló con Lia mentalmente y le dijo unas cuantas mentiras piadosas.

"Dice que finge estar dormida. Recuerda dos puntos, uno verde y otro amarillo, flotando delante de sus ojos".

"Hadz y Reiki", dijo E-Z. "Dile que no les tenga miedo. Son los buenos".

Ah, Rosalie suspiró. Entonces se dio cuenta de que ésta podía ser la oportunidad que estaba esperando. Para hablar a Los Tres de los otros. Lo pensó detenidamente y decidió que había llegado el momento de compartir lo que sabía.

"Oh, espera, quiere que te diga algo". Lia miró al frente mientras la voz de Rosalie fluía de entre sus labios: "Hay otros como tú, los he visto. Creo que por eso estoy aquí".

"¿Otros, como nosotros?" exclamaron Lia, Alfred y E-Z.

"No estoy segura de cuánto debo contarles sobre los otros niños que hay en esta sala. ¿Tenéis algún consejo para mí? ¿Qué debo decir? ¿Me harán daño? Si les hablo de los otros niños, ¿les harán daño?". dijo Rosalie, a través de Lia.

"Te toca, E-Z", dijo Lia como si fuera ella misma.

"Escucha primero lo que tienen que decir", dijo E-Z. "Te dirán lo que ya saben y entonces podrás decidir cuánto más necesitan saber, si es que necesitan saber algo más".

"Un buen consejo", dijo Alfred. "Sé siempre un buen oyente. Sobre todo cuando te retienen contra tu voluntad en un lugar extraño".

Lia ofreció: "Mantendré informados a los chicos de aquí, si quieres que permanezcamos en la línea, por así decirlo".

Rosalie habló utilizando la boca de Lia como si fuera la suya propia: "Necesito mantener todas mis facultades sobre mí... así que diré cambio y corto por ahora. Gracias a ti y a la pandilla por la ayuda. Estaré en contacto contigo si te necesito mientras esté aquí. Si no, te pondré al corriente cuando vuelva a casa, que será pronto, ya que me falta la cena. Esta noche hay pavo, puré de patatas y guisantes". Vaciló. "Por cierto, Lia, llevas un top muy bonito".

BINGO.

"Gracias", dijo Lia, mirándose la camiseta y preguntándose cómo sabía Rosalie lo que llevaba puesto.

"¿Qué? preguntó E-Z.

"Oh, nada", dijo Lia.

De nuevo en la Sala Blanca. Rosalie pensó que su cuaderno estaría mejor en el cajón de su mesilla de noche.

BINGO

Y se fueron.

BINGO

Llegó la cena. Estaba todo delicioso, pero ahora sólo podía pensar en un batido espeso de fresa.

BINGO

Llegó uno y junto a él una porción de Tarta de merengue de limón.

Fue entonces cuando llegaron Eriel y Rafael.

"Oh, oh", dijo la escalera, mientras bajaban flotando hacia ella con aspecto de estar disfrazados para Halloween.

"¿Estoy soñando? ¿O muerta?" preguntó Rosalie.

"Ni lo uno ni lo otro", respondieron los arcángeles.

CAPÍTULO 22

CONOCE Y SALUDA

"Adelantaos y terminad de comer", dijo Rafael.

"Sí, no tenemos nada mejor que hacer", dijo Eriel.

Mientras la miraban comer, a Rosalie le costaba masticar. Le costaba saborear. Y parecía más fría. Miró las estanterías, la escalera. Cuando dejó el cuchillo y el tenedor, tuvo la sensación de que aquellos dos desconocidos no tramaban nada bueno.

"En primer lugar -empezó Eriel-, esta conversación debe quedar entre nosotros y sólo entre nosotros".

En su mente, se dirigió a Lia. "¿Estás ahí, niña? ¿Estás escuchando?

"...Extinción".

"Lo siento", dijo Rosalie, "pero ¿podrías empezar de nuevo, es decir, desde el principio? Soy vieja y he perdido la noción de lo que me estabas contando".

Eriel resopló. Como un niño al que hubieran regañado, abrió las alas y echó a volar. Cuando se acercó a lo alto de la biblioteca, se cruzó de brazos y esperó. Esperó a que Raphael lo intentara.

Raphael se inclinó más hacia Rosalie.

"Tus gafas son muy bonitas", dijo Rosalie. "Pero me están mareando un poco con toda esa sangre pulsando y flotando ahí dentro".

Eriel se rió.

Raphael se quitó las gafas y las guardó en los bolsillos de su bata negra.

"Querida Rosalie -cuchicheó Rafael-, por favor, ignora la grosería de mi docto amigo, pero nos encontramos en una situación. Una situación en la que no sólo necesitamos tu ayuda, sino también la de E-Z, Lia, Alfred y los demás. Sabes a quiénes me refiero cuando menciono a los otros, ¿verdad?".

Rosalie asintió, sin decir nada.

"Somos un equipo de arcángeles y nuestros poderes son limitados. Lo que está ocurriendo en todo el mundo les pasa a las almas".

"¿Quieres decir, cuando la gente muere?" preguntó Rosalie.

"Exactamente".

"¿Pero eso no es más de tu dominio, que del nuestro? Has hablado con Dios, él te conoce, ¿verdad? Y si tratas de arreglar una situación grave, ¿por qué no se lo pides directamente?".

Como Rafael y Eriel no hablaron, Rosalie continuó.

"Por lo que tengo entendido, una vez que una persona muere, su cuerpo es enterrado. O se incinera. Sus almas -si existen- viven en otro lugar".

Eriel se le echó encima en cuestión de segundos, gruñendo. "Eso es incorrecto.

Rafael lo apartó. "Es más complicado de lo que crees. Demasiado complicado para que lo comprendan la mayoría de los humanos".

"Los humanos somos bastante listos", dijo Rosalie. "Hemos estado en la Luna, inventado el avión, Internet, el fuego. Yo no soy ningún genio y, sin embargo, me has traído aquí para convencerme".

Eriel volvió a reír.

Esta vez, Rafael no pudo contenerse y también se rió.

Y se rió. Y se rió.

Ninguno de los dos pudo contenerse.

Rosalie los ignoró. Ignoraba lo que ocurría a su alrededor. La escalera lanzándose de un lado a otro, de un lado a otro. Los libros saliendo y volviendo a entrar. Era un jaleo. Tan ruidoso. Ansiaba volver a la tranquilidad de su habitación.

Ana de las Tejas Verdes, pensó.

BINGO.

Tenía el libro en las manos. Lo abrió, buscó un marcapáginas y leyó. Si necesitaban su ayuda, tendrían que esforzarse por conseguirla. Ahora que la habían insultado a ella y a toda la raza humana, no iba a ponérselo fácil.

"Bien por ti", susurró Lia dentro de la mente de Rosalie. "Estás al mando. Y yo estoy aquí con E-Z y Alfred y te cubrimos las espaldas".

Raphael y Eriel seguían riendo. Fuera de control. Rebotaban el uno contra el otro en el aire, como globos unidos.

Entonces recordó que aún no se había comido su Tarta de Limón y Merengue. Dejó el libro a un lado, le clavó el tenedor y le dio un bocado. Era perfecta. Ni demasiado dulce ni demasiado ácido, tal como lo hacía su madre. Dio otro bocado.

Encima de ella, Eriel y Rafael estaban histéricos.

"¡Basta!" gritó Rosalie. "Sois los más groseros, los más odiosos que he conocido nunca. Y he conocido a gente bastante odiosa en mi vida". Dejó el tenedor. "¿No te enseñaron modales? ¿No te enseñaron modales? Levantó el tenedor y apuntó en su dirección.

Eriel bajó volando. Estaba sobre Rosalie, con la boca abierta en cuestión de segundos. Ella lo clavó en la cuajada de limón y luego lo bifurcó en la boca del arcángel.

"¡Ewwwwww!", gritó. Lo escupió como si ella le hubiera dado arsénico.

"Madre siempre me enseñó a compartir", dijo ella con una sonrisa de satisfacción.

La palidez de Eriel cambió de negro a verde. Tras vomitar, desapareció a través de la pared.

"Supongo que no le gustan las tartas". dijo Rosalie.

Lia se reía en la mente de Rosalie.

Raphael sacó las gafas de los bolsillos de su bata, las limpió y se las volvió a poner en la cara. Se sentó junto a Rosalie. Estaba tan cerca que casi se sentó en su regazo.

Pobre Rosalie.

"SABEMOS QUE HAY OTROS Y NECESITAMOS SABER QUIÉNES SON Y DÓNDE ESTÁN... ¡AHORA!".

Mientras hablaba, la cara de Raphael se contorsionó, convirtiéndose en algo irreconocible.

A Rosalie se le pusieron los pelos de punta. Su cuerpo tembló.

"Los maleducados nunca consiguen lo que piden y tú, querida, eres muy maleducada. Y tu amiga también lo es -susurró Rosalie.

Rosalie volvió a ser la que había sido antes.

Sólo que esta vez el tacto del arcángel había cambiado. Y su voz era almibarada cuando dijo

"Voy a atravesar ese muro y reunirme con Eriel. Dentro de cinco minutos volveremos y empezaremos de nuevo. Necesitamos tu ayuda, tienes razón, y no la pedimos como deberíamos". Luego a la mujer de la pared: "Pon el cronómetro en cinco minutos". Luego volvió a dirigirse a Rosalie: "Cuando suene el temporizador, volveremos y empezaremos de nuevo". Tal como había prometido, Rafael se dirigió hacia la pared y desapareció a través de ella.

El reloj de la pared sonó con fuerza. Parecía fuera de lugar. Incluso demasiado ruidoso para la biblioteca.

"¡Es muy molesto!", dijo la escalera, acercándose.

"Lo siento, por todo el alboroto", dijo Rosalie. "Mi presencia aquí no os ha causado más que caos".

"Nos caes bien", dijo la escalera. "¿Por qué no te mueves un poco? Te sentirás mejor".

Rosalie se levantó, esperando sentirse cansada después de haber ingerido una comida tan copiosa. En lugar de eso, se sintió llena de energía. Sobre todo las piernas. Parecía que volvía a tener diez años. Dio un salto de tijera. ¡Qué divertido!

"Y ahora", dijo Rosalie, "su siguiente truco. La Gran Abuela intentará no una, ni dos, sino tres volteretas consecutivas", y así lo hizo. "¡Gracias, gracias!", dijo, inclinándose y saludando como si hubiera ganado una medalla de oro en las Olimpiadas.

BRRRIIIING.

Se acabó el tiempo. Llegaron Eriel y Rafael.

Los arcángeles iban vestidos de forma diferente. Como si fueran a dos fiestas distintas.

Eriel llevaba un traje oscuro a rayas, camisa blanca y corbata.

Rafael llevaba un vestido rojo tipo Mumu que le cubría todo el cuerpo, desde el cuello hasta los dedos de los pies.

"Me siento mal vestida", dijo Rosalie.

BINGO.

Ahora llevaba su vestido más elegante. Era el que había indicado que quería ponerse después de morir.

Se dejó caer en la silla, con los ojos mirando hacia arriba. Y los arcángeles flotaron hacia ella. Sus alas se movían, como alas de mariposa, mientras se acercaban a ella con gracia y belleza. Sus ojos se llenaron de lágrimas.

"¿En qué puedo ayudaros, queridos?" preguntó Rosalie.

Era como si ahora tuvieran un poder sobre ella, un poder que no quería superar. Cayó al suelo, ahora arrodillada ante los dos arcángeles. Rafael la tocó en el hombro derecho y Eriel en el izquierdo.

"Dinos lo que necesitamos saber", arrullaron.

"Los demás se han dispersado", dijo ella, y luego se dejó caer al suelo como una marioneta sin hilos.

"Es demasiado vieja para esto", dijo Eriel. "Si muere, no nos servirá de nada".

"Sigue, está funcionando".

POP.

POP.

Hadz y Reiki aparecieron y susurraron al oído de Rosalie. La ayudaron a ponerse en pie.

"¡Fuera de aquí, dos intrusos!" gritó Eriel con voz explosiva,

Rosalie salió del trance en el que la habían metido.

"¡Largaos!" exclamó Rafael y no hubo POP, en su lugar el sonido que se oyó fue un único

SPLAT.

Rosalie se puso las manos en las caderas: "Espero que no hayáis hecho daño a esos dos queridos. De hecho, si quieres que considere la posibilidad de ayudarte, deberías traerlos aquí AHORA para que pueda ver que están bien. Me niego a decirte nada más hasta que las traigas de vuelta". Cruzó la habitación, se sentó con la espalda apoyada en la pared blanca, cerró los ojos y esperó. Tenía todo el día, toda la semana, todo el año. No tenía prisa por estar en ningún sitio ni por hacer nada.

POP.

POP.

"Gracias", dijeron Hadz y Reiki, mientras se sentaban sobre los hombros de Rosalie.

"La estamos liando", dijo Rafael. Luego a Hadz y Reiki: "Conocéis la situación en la que se encuentra la Tierra, ¿podéis ayudarnos a conseguir la ayuda de este humano?".

Reiki dijo: "¡Sabemos que hay una situación! Si no hubieras renegado del trato con E-Z, Lia y Alfred ya estarían a bordo. Rosalie no confía en ninguno de vosotros".

Hadz dijo: "Y tú no has sido sincero con ella".

Hadz dijo: "Con los humanos la confianza y la honestidad lo son todo".

Eriel se abalanzó hacia ellos.

Rafael le detuvo antes de que ella dijera: "Se ha cometido un error, por nuestra parte, y este error tiene causa y efecto. Estamos intentando salvar la Tierra de daños colaterales. La única forma en que podemos hacerlo, es invocando a aquellos a los que se les han dado poderes, poderes sobrenaturales, de superhéroes. Sin ellos, la humanidad fracasará, y será culpa nuestra".

Rosalie se levantó. Miró a las dos criaturitas que estaban sentadas sobre sus hombros. "¿Puedo confiar en estos dos?"

"Rafael es digno de confianza", dijo Hadz.

"Pero no estamos seguros de él", dijo Reiki.

POP.

POP.

Ambos desaparecieron, por miedo a que Eriel los enviara de vuelta a las minas.

Eriel se elevó, cada vez más alto, y luego desapareció por el techo.

Rosalie cambió de tema. "Mientras lo pienso, ¿puedes explicarme qué es este lugar? Yo lo llamo La Habitación Blanca, pero ¿es ése el nombre correcto? ¿Y por qué siempre que deseo algo, aparece? ¿Quizá se llame La Habitación Mágica?". En ese momento, Rosalie pensó en E-Z, el ángel/niño en silla de ruedas.

ACK.

Llegó E-Z.

"¡Vaya!", dijo, al darse cuenta de que se había unido a Rosalie en la Sala Blanca. Pensó en sus gafas de sol y

PRESTO

Las llevaba en la cara. Caminó por la habitación, sintiendo de nuevo sus piernas y el suelo. Luego extendió la mano y dijo: "Tú debes de ser Rosalie".

Y tú debes de ser E-Z -dijo-, sin tu silla de ruedas. Este lugar es realmente mágico".

"Y, hola, Raphael".

"Bienvenido, E-Z", dijo Rafael. Luego a Rosalie: "Demasiada discreción; esto debía ser confidencial".

"Sean cuales sean las promesas que te haga, las romperá. No sabe mantener su palabra -y Eriel es aún peor, al igual que Ophaniel- y ni siquiera la conoces. Aun así, que sepas que son todos unos mentirosos".

"Ya me lo imaginaba", admitió Rosalie. "Y se fue, Eriel se comporta como una niña malcriada".

"Me habría gustado verlo", dijo E-Z. "Suena muy poco propio de Eriel, pero tío, habría sido impresionante verlo".

"Basta ya de cordialidades", dijo Rafael. "Supongo que no tengo más remedio que explicarte la situación a ti también". Dio un pisotón y sus alas cayeron a los lados enfurruñadas. Se volvió hacia E-Z y Rosalie. "El mundo necesita ser salvado, debido a un error por nuestra parte. ¿Tú y los demás queréis ayudarnos a rectificar la situación, es decir, a salvar la Tierra, o no?".

Rosalie y E-Z intercambiaron miradas.

"Adelante", dijo ella. "Estoy de acuerdo con lo que decidáis".

E-Z no respondió inmediatamente.

"Si me lo cuentas todo, se lo transmitiré a los demás y votaremos. Somos un grupo democrático".

"¿Cuánto tardará ESO?" se burló Rafael. "¿Y cómo me lo comunicarás? ¿Tendré que mantener aquí prisionera a Rosalie hasta que lo averigüéis? ¿Veinticuatro horas serán suficientes?

Rosalie dijo: "No me importa quedarme en esta habitación. Hay muchos libros para leer y puedo pedir lo que quiera. Es mucho más interesante y emocionante que estar en casa".

E-Z asintió. A Rosalie le dijo: "Gracias y tienes razón, esta habitación es muy especial. Aquí estarás segura". Luego a Rafael: "Rosalie no será tu prisionera, de hecho será tu invitada". Un libro salió volando de la estantería y aterrizó en su mano. Era Harry Potter y la Cámara de los Secretos.

"Me gustaría leerlo", dijo Rosalie. El libro salió de la mano de E-Z y voló hacia Rosalie. Ella lo cogió, lo abrió e inmediatamente empezó a leer.

"Rosalie será nuestra invitada", dijo Rafael. "¿Veinticuatro horas entonces?".

"Veinticuatro horas", asintió E-Z.

"¡Espera!", gritó una voz. Una voz sin cuerpo. Una voz que resonaba y resonaba. Hasta que un libro se desprendió de una estantería superior. Cayó en picado hacia el suelo, hasta que sus alas estallaron y lo salvaron de romperse la espalda.

Raphael parecía sobresaltado por la voz. Intentó retroceder, pero algo la retuvo.

Rosalie y E-Z esperaron y escucharon.

"Rafael no os lo ha contado todo", dijo la voz atronadora.

Era como si el aire vibrara con cada sílaba, pero de una forma buena, amable y gentil, no de una forma aterradora del fin del mundo.

"Cuéntanoslo", dijo E-Z.

"Un poco más bajo", sugirió Rosalie. "¡Soy vieja, pero no sorda, ¿sabes?".

"Lo siento", dijo la voz. Se aclaró la garganta. Luego susurró: "E-Z Dickens, ¿recuerdas las opciones que te dimos? ¿Las dos opciones?"

E-Z las recordaba bastante bien. Una era permanecer en el silo para siempre. Los recuerdos de su familia en bucle. La otra era volver a su vida con el Tío Sam.

"Sí".

"Dime qué recuerdas de las opciones", preguntó la voz.

"Decían que podía permanecer en el contenedor y revivir los recuerdos de mi familia en bucle o volver a mi vida con el Tío Sam".

"¿Y el cazador de almas? ¿Qué hay de él?"

"Nada", admitió E-Z encogiéndose de hombros.

La voz bramó, como si hablar ahora le causara dolor. Las estanterías se agitaron y las cosas SALTARON en el aire aleatoriamente. Primero apareció un pepinillo gigante. El objeto verde giró en el sentido de las agujas del reloj, luego en sentido contrario y desapareció.

Después apareció una bola de espejos sobre ellos. Cambiaba de color a medida que giraba. Cuando giró demasiado deprisa, temieron que se estrellara contra ellos. Se pusieron a cubierto, pero antes de conseguirlo, la bola desapareció.

A continuación, apareció la cabeza de un payaso. Flotó delante de ellos y dijo: "Lo que es blanco y negro y blanco y negro y blanco y negro".

"¡Basta!", tronó la voz.

"Lo siento", dijo Rafael.

"¡Deberías sentirlo!", se estremeció la primera voz. Luego, más tranquila, con más suavidad, dijo: "E-Z y su equipo necesitan saber todo sobre los Atrapasalmas. De lo contrario, no comprenderán la complejidad de la brecha".

La voz hizo una pausa de unos segundos y continuó: "Un Atrapador de Almas atrapa almas cuando muere un cuerpo humano. Es un lugar de descanso interminable. Todos los humanos y todas las criaturas tienen recipientes a los que ir. Lo que has llamado silo es un atrapaalmas. Un lugar de descanso para toda la eternidad".

"De acuerdo", dijo E-Z. "Entonces, ¿qué tiene que ver esto con el fin del mundo?".

"Quiero ver mi Atrapaalmas", dijo Rosalie.

"Si tú y tus amigos no hacéis ALGO, nadie tendrá un Atrapaalmas. Cuando tu cuerpo muera, MORIRÁS. Y ya está. Fin. Tu alma y las almas de todos los demás no tendrán ningún lugar al que ir y cuando un alma no tiene ningún lugar al que ir, entonces no tiene ningún propósito. Ya no hay razón para que exista. Y sin almas, los humanos son meros trajes de carne".

"Un momento", dijo E-Z. "¿Estás diciendo que la persona responsable de los Cazadores de Almas. Como quiera que los llames: director general, presidente, ya entiendes lo esencial. ¿Estás diciendo que han sido comprometidos?"

Raphael abrió la boca para responder, pero E-Z aún no había terminado de hablar.

"De todas formas, ¿cómo funciona todo esto del Atrapaalmas? A mí me han invocado a la mía en varias ocasiones, y ni siquiera estoy MUERTA. ¿Estás diciendo que estos, sean lo que sean, ahora pueden obligarme a entrar en mi Atrapaalmas a su antojo?". Dudó: "¿Y qué sabes de Charles Dickens? Llegó en un contenedor espejado, así que no es un Atrapaalmas. ¿Cómo llegó su alma de un lugar a otro? ¿Su resurrección se debe a vosotros, arcángeles?".

Rafael esperó a ver si tenía más preguntas.

Y las tenía.

"¿Y qué hay de mis dos mejores amigos, PJ y Arden? ¿Cómo encajan? Los dos están en coma. Quiero traerlos de vuelta. ¿Ayudarles les ayudará?"

La voz de la pared tronó en respuesta.

"Nadie dirige Cazadores de Almas. No es una empresa con ánimo de lucro. Cuando alguien muere, su alma queda atrapada y vive en el Cazador de Almas asignado".

"No lo entiendo", dijo E-Z. Entonces: "Un momento, ¿alguien o algo ha secuestrado los Atrapasalmas? Y si la respuesta es afirmativa, sin duda necesitaré más información sobre quiénes son antes de involucrarnos. Si vosotros, los arcángeles, no podéis vencerlos, ¿cómo esperas que lo hagamos nosotros?".

La voz en la pared le dijo a Rafael: "Bueno, Eriel se equivocaba cuando decía que este chico es tan grueso como un ladrillo. Lo ha conseguido, de una sola vez. Bien hecho, E-Z".

"Eh, gracias, creo", dijo él. "Pero, ¿en qué he acertado exactamente?".

La voz continuó. "Efectivamente, tres diosas han secuestrado a los cazadores de almas".

E-Z abrió la boca para hablar, pero antes de que pudiera hacerlo la voz volvió a hablar.

"Charles Dickens no llegó en un atrapaalmas, como sospechabas. Los parientes consanguíneos tienen poderes sobre el tiempo y el espacio. Tú le invocaste. Vino a ayudarte".

"¡Yo no le he invocado!" dijo E-Z.

"Y, sin embargo, ha vuelto y sabía tu nombre y quería ayudarte, ¿es cierto?".

E-Z asintió.

"Y a tu última pregunta, sí, la vida de tus amigos está en peligro por culpa de las tres diosas".

"¿Diosas?" Repitió E-Z. "¿Como en la mitología griega? ¿Son reales? Creía que todas esas historias eran ficción".

"Se basan en hechos históricos", dijo Rafael.

"¡No podemos enfrentarnos a un equipo de diosas mitológicas!" exclamó E-Z. "Somos niños".

"Los riesgos son mucho mayores si no lo hacéis, ya que no tenemos a nadie más a quien pedir ayuda. No hay Batman, ni Spiderman, ni Superhéroes de la vida real. Los únicos héroes sois vosotros, niños, ¿podéis? ¿Nos ayudaréis? Sabemos cómo, para resolver este problema, necesitamos cuerpos, gente sobre el terreno. Los humanos con poderes pueden vencer. Pueden vencer a estas cosas. Estas cosas. Para empezar, podéis VERLAS. Nosotros no podemos -dijo Rafael-.

"Sé que necesitáis ayuda, pero no veo cómo podemos salvar el día, no contra diosas poderosas. Sí, tenemos poderes, pero ¿a qué nos enfrentamos exactamente? ¿Qué se espera de nosotros? ¿Qué peligros corremos? Quiero decir, tú ya estás muerta, nosotras no. Si ayudamos, ¿cuáles son los riesgos?".

Vaciló, y cuando nadie dijo nada, continuó.

"Si estamos de acuerdo, ¿puedes proteger a mi tío Sam, a su mujer Samantha y a los bebés? ¿Puedes garantizar que PJ y Arden no acabarán muertos en Cazadores de Almas? ¿Y qué ganamos nosotros? Al fin y al cabo estaríamos arriesgando nuestras vidas. No sois humanos, así que no tenéis nada que perder".

Rosalie intervino: "E-Z, no veo que tengas elección. Tienes razón, habrá riesgos y yo aún no estoy muerta -pero soy vieja-, así que el riesgo para mí no es tan grande. Además, me gusta la idea de que, cuando mi vida termine, habrá un cazador de almas esperándome".

E-Z asintió. "Lo entiendo. La idea de que mis padres estén flotando por ahí. Solos. Sin hogar. Sin alma. Me pone enfermo. Me enfurece tanto que quiero escupir. Pero aún así tengo que hablar con los demás -reiteró E-Z, cruzando las piernas. Se sentía tan bien al poder hacer cosas tan sencillas como cruzar las piernas.

Te estás convirtiendo en todo un orador, le dijo Lia en su cabeza.

"Gracias -respondió él.

"Como estabas entonces", dijo la voz. "Veinticuatro horas. Mientras tanto, Rosalie permanecerá aquí con nosotros".

"Como invitada vuestra", recalcó E-Z.

"Estaré bien", dijo Rosalie. "Y me mantendré en contacto charlando con Lia. A Lia y a mí nos encanta charlar".

Él asintió. Con Lia, a través de Lia. E-Z no estaba seguro de lo que sabían y lo que no, pero no iba a darles nada que ya no tuvieran.

"Hasta pronto", dijo, despidiéndose con la mano.

Luego volvió a su silla de ruedas. Estaba cara a cara con sus amigos. ¿Pero cómo iba a decírselo? ¿Cómo explicárselo?

Al final decidió que lo mejor era soltarlo todo. Y eso fue exactamente lo que hizo.

CAPÍTULO 23

CAMBIOS

Aunque las noticias de E-Z no eran lo que esperaban oír, tanto Alfred como Lia tuvieron mucho que decir en respuesta.

"¡Tienen mucho valor!" exclamó Alfred. "Después de lo que nos hicieron. Me refiero a hacer promesas y luego renegar y cambiar el plan de juego. Por mi parte, no me fío de ninguno de ellos ni un pelo".

"Esto es enorme, e implica a nuestros seres queridos que han muerto", dijo E-Z.

"¿En qué sentido?" preguntó Sam.

"No conozco los detalles. Lo único que sé es que implica a tres diosas malvadas cuyo plan es secuestrar y controlar a todos los Atrapaalmas".

"¡Es una locura!" dijo Lia. "¿Por qué los querrían? ¿Por qué tomarse tantas molestias? ¿Qué ganan con ello?

"Espera", dijo E-Z. "Te contaré todo lo que me han dicho. Ten en cuenta que ellos tampoco lo saben con certeza.

"De todos modos, ahí va. Son diosas mitológicas, que han sido traídas de vuelta. Su objetivo es controlar a los Cazadores de Almas, por todos los medios posibles.

"Y la forma que han elegido para hacerlo es matar a gente. Gente que no estaba destinada a morir. Y luego las meten en Cazadores de Almas que han secuestrado. De gente que los necesita. Así, sus almas no tienen adónde ir".

"Sigo sin entenderlo", dijo Lia.

"Piénsalo de este modo. Lia, tú, Alfred y yo ya hemos estado en nuestros Atrapasalmas. A pocos se les permite entrar antes de estar muertos. Es decir, ¿quién querría estarlo?"

"De acuerdo", dijo Alfred.

"Lo mismo digo", dijo Lia.

"Pero, ¿y si te dijera ahora mismo que tu Cazador de Almas ha sido ocupado por otra persona y, por tanto, ya no es tuyo?".

"¡Los humanos ni siquiera conocen los Atrapasalmas!" exclamó Alfred. "La mayoría cree que sus almas van al cielo (o si son malas al lugar caliente). Si lo supieran, se enfadarían por ello. Pero no lo saben".

"Sí, no puedes echar de menos algo de lo que no sabes nada", dijo Sam. "Tampoco puedes luchar por algo de lo que no sabes nada".

"Me dijeron que las almas de mis padres podrían estar flotando por ahí ahora mismo, sin hogar. Eso me afectó mucho".

"¡Que es exactamente por lo que te lo dijeron!" dijo Sam. "Es manipulación descarada".

"No, es chantaje emocional", dijo Alfred. "Pero entiendo por qué lo dijeron. Si me dijeran lo mismo de mi familia, querría implicarme. Quiero luchar contra esas diosas. Si fuera un exaltado, actuaría inmediatamente basándome en mis emociones. Pero tenemos que ser lógicos. Tenemos que mantener la cabeza fría".

"¿Quiénes son esas diosas? ¿Qué sabemos de ellas? preguntó Lia.

"¿Y estamos seguros de que los arcángeles están en el lado correcto de esto?" preguntó Sam.

"Dijeron que un error por su parte había provocado que esto ocurriera, pero no me dijeron exactamente cómo ni por qué. Y no estaban de humor para que les pidiera más información de la que yo ya les había sacado. Además, tienen a Rosalie y se nos acaba el tiempo para tomar una decisión".

"Exacto", dijo Lia. "Y, sin embargo, ¿cómo podemos decidir si ni siquiera sabemos a qué nos enfrentamos? Saben que somos niños. Sí, cada uno tenemos poderes únicos, pero ¿son suficientes? Si los arcángeles no pueden manejar esta situación por sí mismos... ¿por qué saben que nosotros sí podremos?".

"Eso no puedo decirlo. Les presioné para que me dijeran más. Si no fuera por la voz en la pared, no me habrían contado tanto como me enteré".

"¡Cómo se atreven a ocultarnos información!" exclamó Alfred.

"Les he explicado lo que sé. Son tres. Son diosas, criaturas mitológicas que yo creía que no eran reales".

"Podemos averiguar todo lo que necesitamos saber para armarnos contra ellas por Internet", dijo Sam. "Pero llevará algún tiempo". Vaciló. "Sin embargo, no creo que tengamos mucha suerte buscando información sobre los Cazadores de Almas".

"Ya lo he intentado y no he encontrado nada".

"¿Cuándo oíste hablar de ellos por primera vez?" preguntó Sam.

"La voz en la pared me dio a entender que ya me habían hablado de ellos antes, pero cada vez que intento recordar es como si un muro bloqueara la información".

"¡Vaya! A mí me pasa exactamente lo mismo", dijo Lia. "Qué raro".

E-Z miró la hora en su teléfono. "Bueno, os he dado mucho en qué pensar. Tenemos hasta mañana para tomar una decisión firme... pero no creo que tengamos más remedio que aceptar ayudarles.

Quiero decir que si no lo hacemos, ¿entonces a quién?".

"Yo pensaba lo mismo", dijo Alfred. "Pero sigue sin gustarme la forma en que lo han hecho".

"A mí tampoco", dijo Lia. "Me voy a la cama. Buenas noches a todos. Hasta mañana". Cerró la puerta tras de sí.

"¿Necesitas algo? preguntó Sam.

"No, estoy bien. Buenas noches, tío Sam".

"Buenas noches E-Z. Tengo que decirte lo orgulloso que estoy de ti y lo orgullosos que estarían tus padres".

"Gracias".

"Y buenas noches, Alfred", dijo Sam al abrir la puerta.

"Buenas noches", dijo Alfred, luego se acomodó con la cabeza bajo el ala y se quedó dormido.

E-Z, incapaz de dormir, se quedó mirando al techo con las manos detrás de la cabeza. Hizo unos cuantos abdominales y se puso de lado con la esperanza de quedarse dormido. En cambio, vio dos luces, una verde y otra amarilla, que flotaban hacia él.

"¿Estás despierto?" preguntó Hadz.

"No", dijo E-Z con una sonrisa de satisfacción mientras se incorporaba.

"Se supone que no debemos hablar contigo", dijo Reiki, "pero tenemos que hablar contigo, así que tienes que adivinar lo que se supone que no debemos decirte".

"¿Adivinar? ¿En serio? ¿Puedes darme una pista... ya sabes, acotar el campo para mí, aunque sea un poco?".

Susurraron entre sí los aspirantes a ángeles. Parecían no estar de acuerdo, mientras Hadz volaba hacia un lado de la habitación y Reiki hacia el otro.

"K, me voy a dormir. Cuando lo descubras, me lo cuentas por la mañana".

Se quedó dormido y se despertó. Estaba en su silla y surcaba el cielo. Se abrochó el cinturón. "¿Pero qué?"

"Decidimos como no podíamos reducir el campo para ti. O decirte lo que necesitas saber Para tomar una decisión con conocimiento de causa... Que en vez de eso te lo MOSTRARÍAMOS. Así que, síguenos".

Mientras las nubes pasaban y el aire limpio pero fresco de la noche llenaba sus pulmones, E-Z se sintió más vivo de lo que se había sentido en mucho tiempo. En cierto modo, echaba de menos ser convocado a las pruebas para ayudar y salvar a la gente que estaba en apuros.

Desde que dejó de trabajar con los Eriel, no se había sentido como un superhéroe. Cierto, había salvado a un gato que estaba atascado en un árbol. Y había evitado que una pelota de béisbol rompiera una valiosa vidriera de una iglesia.

Pero la mayor parte de su día a día consistía en pensar en el futuro. Planeaba terminar el instituto en la mejor posición para conseguir una beca. Al mejor colegio o universidad que pudiera conseguir.

El tío Sam y Samantha hacían planes para el nuevo bebé. Mantenían en secreto si el bebé sería niño o niña, y nadie podía entrar en la nueva habitación del bebé. A E-Z le parecía raro tener quince años y ser pronto tío, pero lo estaba deseando.

Y a Lia le iba bien en la escuela, encajando a pesar de que había pasado de los siete a los doce años de dos saltos en un periodo de tiempo relativamente breve. Lo que fuera que la hacía envejecer parecía haberse detenido y ahora parecía que estaba enamorada de PJ. Sin duda estaba creciendo y él sonrió al pensar en lo mandona que se había vuelto. Aquello le recordó a la Pequeña Dorrit la Unicornio. No la habían visto desde las pruebas. Quizá los arcángeles la habían enviado para ayudar a Lia cuando todos estaban conectados. Luego estaba la llegada de su primo Charles Dickens. Y PJ y Arden estaban en coma, y nadie sabía cómo sacarlos de él. Alfred se mantenía ocupado, en casa. Desde que llegó, el Tío Sam no necesitaba cortar la hierba tan a menudo.

Volvió a recordar los dos juicios en los que había encontrado similitudes. La de la chica disfrazada de personaje de multijuego. El otro con el chico al que le habían dicho que matara a E-Z para salvar la vida de su familia. Estaban conectados. Eriel tenía razón. Sólo tenía que averiguar qué significaba exactamente.

"¿Ya estamos cerca?", preguntó, notando el frío que hacía. Avanzaban deprisa, acercándose al Parque Nacional del Valle de la Muerte, en el desierto de

Mojave. Era diciembre, uno de los meses más fríos del año en el desierto por la noche, y deseó haberse traído la sudadera con capucha. Estaba tan oscuro que las estrellas parecían un millón de veces más brillantes. Como ojos en el cielo con apenas un dedo de distancia entre ellas, o eso parecía.

Los ángeles en formación no respondieron. Descendieron unos metros y luego siguieron volando a toda velocidad.

"¡Genial!", dijo. "Avísame cuando vayamos a aterrizar. Ojalá tuviera un agente de viajes que me dijera qué es lo que estoy viendo".

"Usa el teléfono", susurraron Lia y Alfred. Luego se quedaron en silencio.

Siguieron volando, sobre Badwater Basin, el punto más bajo de Norteamérica. Se llamaba así porque el agua es mala, es decir, no se puede beber por el exceso de sales. Pero en la zona pueden florecer algunos animales y plantas, como la hierba de los pepinillos, los insectos y los caracoles.

Se adentraron más en el Valle de la Muerte, mientras E-Z contemplaba el terreno e intentaba no pensar en lo sediento que estaba.

"¿Ya hemos llegado?", volvió a preguntar mientras un pájaro negro volaba sobre su cabeza dejando caer una carga de caca antes de seguir su camino. "Bienvenido al Valle de la Muerte", dijo, limpiándosela con el dorso de la manga. Se apresuró a alcanzar a Hadz y Reiki.

CAPÍTULO 24

VALLE DE LA MUERTE

"¡Date prisa!" dijeron Hadz y Reiki. "Estamos cerca de Rhyolite".

Empujó hacia delante, alcanzándoles. "¿Y qué hay exactamente en Riolita?"

"Un poco de historia", dijo Hadz. "A menos que ya lo conozcas".

E-Z negó con la cabeza. Había aprendido cosas sobre el Gran Cañón en la escuela, sobre todo cómo se formó.

Hadz continuó: "Rhyolite fue una vez un pueblo floreciente durante la Fiebre del Oro en 1904. Pero no duró mucho, en 1924 murió su último habitante y se convirtió en un pueblo fantasma."

"¿Qué significa la palabra Riolita?"

Reiki respondió: "Es una roca volcánica ácida, la forma lava del granito. Fue bautizada por un geólogo llamado Ferdinand von Richthofen en 1860. Su origen es griego, de la palabra rhyax que significa corriente de lava".

"¿Así que la ciudad tuvo una gran fiebre del oro y le pusieron el nombre de una roca volcánica?". Dudó. "Creo recordar algo de clase sobre la acción volcánica".

"Así es", dijo Hadz. "Se remonta a hace dos millones de años".

"Así que esta lección es interesante y todo eso, pero sigo sin saber por qué nos dirigimos a Riolita".

Reiki soltó: "Porque es el cuartel general de los renegados".

"Los que se disputan el control de los Cazadores de Almas".

"¿Quiénes son exactamente, y cómo podemos detenerlos? Por nosotros... me refiero a nosotros, Los Tres. Porque Eriel y Rafael están reteniendo a Rosalie y, por cierto, el tiempo se acaba. Sólo nos han dado veinticuatro horas para volver con ellos".

"Shhh", dijo Hadz. "Tienen un oído extraordinario y el viento puede llevarles nuestras voces en susurros. A partir de ahora hablaremos sólo con la mente".

E-Z preguntó, utilizando su mente: "¿Qué ocurre si saben que estamos aquí? ¿No podrán vernos?".

"Hadz y yo no somos humanos, así que estamos fuera de su radar. Tú, sin embargo, no, por eso te hemos protegido".

"¡Genial! Hay un escudo protector invisible a mi alrededor, es una información muy útil para mí".

A lo lejos podía ver las Montañas Negras. "Apuesto a que cuando el sol calienta esas montañas se podría freír un huevo en ellas". Dudó: "¿Y el pájaro que me hizo caca? ¿Podrían haberlo enviado los malos, para buscarnos?".

Hadz y Reiki negaron con la cabeza. "Vimos al pájaro. Era un cuervo, conocido como portador de mensajes del cielo".

"Vale, es justo. No me pareció un cuervo. Dime qué es lo que ha secuestrado a los cazadores de almas y qué tendremos que hacer para vencerlos". Vaciló: "Y qué tiene que ver con la reencarnación, de niño, de Charles Dickens". Volvió a dudar. "Además, ¿se transportará Lia? ¿Regresará la unicornio Little Dorrit si/cuando accedamos a ayudarla?". Había hablado mucho. Tenía sed y deseó haber traído una botella de agua.

POP.

Apareció una. Se la bebió sin decir "Gracias" a nadie.

Reiki preguntó: "¿Has oído hablar alguna vez de Erinyes?".

E-Z negó con la cabeza.

"También conocidas como Las Furias", dijo Hadz.

"No tengo ni idea de lo que son... pero tengo un vago recuerdo de algo de un juego, ¿quizás?".

"Se las conoce colectivamente como las Diosas de la Venganza".

"Cuéntame más. ¿De quién se vengan?"

"De toda la raza humana". resopló Hadz.

"Mis amigos y yo hemos hablado antes de esto. La mayoría de los humanos no conocen a los Cazadores de Almas. La mayoría cree que tenemos almas. Almas que van al cielo o al infierno, según las elecciones que hagamos en nuestras vidas".

"Sí, somos conscientes de ello", dijo Hadz.

"Entonces dime", preguntó E-Z. "¿Dónde está Dios en todo esto? Dios o Jesús, Alá, Buda... como quiera que lo conozcas. ¿Dónde está?"

Hadz y Reiki miraron al frente sin contestar.

"Vale, ya entiendo que no podéis responder a esa pregunta. En su lugar, respondedme a ésta. ¿Por qué las diosas castigan a los humanos utilizando algo de lo que ni siquiera son conscientes? Entiendo que son malvadas, pero aun así suena ridículo".

"Los niños", dijo Hadz.

"Castigan a los impunes. Pero..."

"Ah, estaba esperando un pero... Continúa".

"Las Furias abusan de sus poderes. Sobrepasan los límites. Atacan a inocentes. Niños inocentes que están jugando a un juego".

"Espera, ¿quieres decir que los niños que juegan son castigados por cosas que hacen dentro del juego? ¡Pero el juego no es real! ¿Cómo pueden ser castigados en la vida real por algo que no es real?"

"Lo sé, y tú lo sabes, pero para Las Furias es lo mismo. Si en un juego quieres matar a alguien, sigues el mismo proceso mental que seguiría un asesino. Implica planearlo, con intenciones de matar y luego llevarlo a cabo. En algunos casos, se trata de asesinatos en masa. Y sí, son inocentes, y se les pide que hagan esas cosas para avanzar en el juego. Para Las Furias, los niños son los impunes y son presa fácil cuando están dentro del juego".

"¡Un momento!" exclamó E-Z. "¿Qué estás diciendo exactamente? Creo que capto lo esencial, cómo encajan los Cazadores de Almas, pero la idea es tan malvada... que no quiero ni pensarla, y mucho menos decirla".

"Las Furias se vengan de los jugadores. Aquellos que han pecado en sus corazones", dijo Reiki. "¡No están destinados a morir! Sus Atrapasalmas no están preparados para aceptar sus almas y por eso..."

"No tienen adonde ir", dijo Hadz.

"Y Las Furias las están acumulando aquí, creando su propia tribu de Almas. Almacenan las almas de los niños en Cazadores de Almas robados".

"Esto está creando el caos", dijo Hadz.

"Así que vosotros, niños, tenéis que ayudar".

"¡Un momento!" dijo E-Z. "¡Espera un maldito minuto!"

CAPÍTULO 25
CUATRO OJOS

"Oh, oh", gritó Hadz, mientras una nube oscura se movía rápidamente por el cielo y se dirigía en su dirección.

"¡No pueden haber atravesado el escudo protector!" exclamó Reiki.

E-Z miró por encima del hombro. Lo que vio fue algo negro que no era una nube. Tenía forma de serpiente. Con una lengua bífida que lamía el aire. En lugar de dos ojos, tenía numerosos ojos. Demasiados para contarlos. Cada uno goteaba sangre. Sangre y pus amarillo humeante.

La lengua de la cosa se movía de derecha a izquierda. Emitiendo un sonido de látigo, mientras sus mandíbulas se abrían y cerraban bruscamente. Y de su garganta salía un sonido nudoso, que alternaba entre un chillido y un zumbido.

Con el viento a sus espaldas, un hedor nauseabundo llenó el aire y pronto llegó a las fosas nasales de E-Z, Hadz y Reiki.

El olor era asqueroso. Peor que el azufre. O a huevos podridos. Más repugnante que el líquido séptico y los cadáveres putrefactos juntos.

El trío subió más alto, para poder ver más allá de una cresta en la que no habían reparado antes. Detrás, había contenedores plateados. Atrapasalmas. Hasta donde alcanzaba la vista.

"¡Cuántos! ¿Están todos llenos de niños? Oh, no!" dijo E-Z con un tono nasal, ya que seguía tapándose la nariz. Aunque aún podía oler el hedor.

PTOOEY.

Esquivaron un chorro de pus amarillo y pegajoso.

"¿Qué demonios es eso?" exclamó E-Z.

Debajo se veía un globo ocular gigante. Lo habían cerrado. Disimulado.

PTOOEY. PTOOEY. PTOOEY.

"¡Oh, no!" exclamó E-Z. "¡Mocos en los ojos!"

Salió disparado hacia ellos, lanzando su líquido caliente y pegajoso.

"¡Aguanta!" gritaron Hadz y Reiki.

Cada uno agarró una de las orejas de E-Z.

"¡Ahhhhh!", gritó.

PTOOEY.

E-Z esquivó el moco, pero estuvo a punto de conectar con su silla de ruedas.

FIZZLE.

POP.

POP.

E-Z estaba de nuevo en su cama. Unas gotas de sudor le resbalaban por la frente.

Mientras tanto, Alfred seguía roncando en el extremo de la cama.

"¡Eso ha estado demasiado cerca!" dijo E-Z. "¿Han atravesado el escudo protector? ¿Nos han visto? ¿Saben quién soy, dónde vivo?".

"No, salimos de allí antes de que pudieran atravesarlo", dijo Reiki.

"Quizá sea una pregunta tonta, pero ¿por qué no nos hiciste entrar y salir de allí desde el principio? ¿En vez de tomaros el tiempo de volar hasta allí - y poner nuestras vidas en peligro?"

"Teníamos que MOSTRARTE".

"Antes de la batalla... ¿Cómo lo llaman...?"

"¿Quieres decir reconocimiento?" preguntó E-Z.

"Sí, eso es. Teníamos que mostrártelo. Tenías que verlo, con tus propios ojos. Todo. A lo que te enfrentas", dijo Hadz.

"Pensamos que lo que aprenderías valdría la pena el riesgo".

"Supongo que el tiempo lo dirá", dijo E-Z.

"Perdona si hemos ido demasiado lejos", dijo Hadz.

"Realmente queríamos lo mejor para ti".

"Sé que lo hicisteis. Y me alegro de haber visto a los Cazadores de Almas. Cuántos había, eso sí que me impactó".

"Sí, a nosotros también. Y puedes estar seguro de que también conmocionó a los arcángeles. Cuando lo vieron por primera vez".

"No deberías haber dicho eso" dijo Reiki.

POP.

Hadz desapareció.

"Ya está bien", dijo E-Z.

"No importa".

"¿Sigo sin entender qué consiguen Las Furias con esto? ¿Cuál es su objetivo? ¿Alguien lo ha averiguado ya?"

"Cada día añaden más. Más niños jugando, siendo absorbidos por su red".

"¿Pero por qué no hay protestas públicas? ¿No deberíamos decírselo a los líderes mundiales, a los presidentes, a los primeros ministros? ¿No hay nada que puedan hacer?"

"Piénsalo, ¿qué es lo primero que harían? Enviarían al ejército. Moriría más gente. Más Cazadores de Almas necesarios antes de tiempo.

"El juego, por lo que hemos observado, es un fenómeno mundial. Las hermanas malvadas están tomando las almas de niños desprevenidos".

"Pero la mayoría de los líderes tienen sus propios hijos", dijo E-Z. "Seguramente, si lo supieran querrían proteger a sus hijos y también querrían proteger a otros niños".

"Más bien Las Furias se centrarían en sus hijos. Sería como colgarles un palo delante", dijo Reiki.

POP.

Hadz había vuelto.

"Les encantaría poder destruir a los niños grandes y poderosos. Ahora mismo, lo que parece que hacen es aleatorio, elegido dentro del juego" dijo Reiki.

"Cuéntame más de lo que sabes sobre ellos". Preguntó E-Z.

Hadz susurró: "Se llaman Allie, Meg y Tisi. La venganza de Allie es por ira, la de Meg es por celos y a Tisi se la conoce como la vengadora".

"Vale, entonces, ¿por qué huelen tan mal? ¿Y cómo se las puede derrotar a las tres?" preguntó E-Z mirando su reloj. Acababan de dar las ocho de la mañana. Necesitaba hablar con el resto de la banda para recuperar a Rosalie. ¿Cómo iba a hablarles de ese terrible trío y de todos los niños que había en esos Cazadores de Almas?

"La leyenda dice que fueron castigados por hacer su trabajo, en el pasado. Ahora han encontrado esta laguna con la Realidad Virtual, un nuevo invento humano". Hadz vaciló. "¿Por qué los humanos nunca quieren vivir su vida en el ahora? ¿Por qué tienen que escapar y jugar a juegos estúpidos que ponen en peligro sus vidas?". El aspirante a ángel tenía la cara roja y estaba muy enfadado".

Reiki intentó consolar a su amigo diciendo: "No saben lo que hacen".

"La ignorancia no es excusa", dijo E-Z. "Necesitamos enviarlos de vuelta a donde estuvieran antes de que se inventara la RV. Y necesitamos que devuelvan las almas de los niños que se han llevado con engaños. Lo único es: ¿CÓMO vamos a convencerles de que están haciendo mal? ¿De que están robando vidas y castigando a la gente por sus pensamientos, no por sus actos?

"Ahora que he visto a Las Furias, sé que tenemos que ayudarles más que nunca. Pero aún tengo que convencer a los demás. Aunque estén de acuerdo, seguimos luchando contra viento y marea. Quiero ser positivo. Decir que estamos a la altura. Pero no lo sabremos con seguridad hasta que llegue el momento de luchar".

Dio un puñetazo a su almohada y la sostuvo sobre su regazo. "Un momento, ¿han muerto? Es decir, ¿escaparon las Furias de sus propios Cazadores de Almas? Y si lo hicieron, ¿cómo? ¿Quién les ayudó a salir?"

Hadz miró a Reiki y Reiki miró a Hadz.

POP.

POP.

Se habían ido.

"¡Genial!" Dijo E-Z. "¡Simplemente fantástico!"

CAPÍTULO 26
EQUILIBRIO

Although he tried to sleep, E-Z could not. He kept thinking asking himself questions. Questions he couldn't answer.

So, he got out of bed and clicked onto his computer and did some digging.

He hit gold before long. When he found a link The Furies and the Three Graces. They seemed to be like the yin and yang of each other. One good one evil. He wondered they could use this information to their advantage. If evil goddesses could be brought to earth, could good goddesses be called back too?

First, before he suggested the archangels bring them back – provided they could do it. He wanted to know exactly what The Graces would bring to the table.

Yes, they were goddesses. The daughters of Zeus who was god of the sky. Their powers were directed to charm, beauty, and creativity. He read on, but couldn't see how they would be much help against The Furies.

Still, he had some time so continued reading He read some text accredited to Nietzsche. His theories about good and evil were still discussed and debated in forums.

Then a memory popped into his head. It was happening less, memories coming back to him about his parents. He hoped they would never stop.

This one was a conversation with his dad. About Newton's Third Law. They'd taken a boat out and were doing some fishing.

"It's how a fish propels himself through the water," his father explained.

Since then, he'd learned more about it from school. He thought Newton and Nietzsche would have had some pretty interesting conversations. But their lives were thousands of years apart.

Then it hit him. He, Lia and Alfred were the polar opposite to The Furies.

Did the archangels already know this? Is that why they seemed so insistent that only he and his team could beat The Furies?

Question that kept running through his mind though was still – could they win?

Was it even possible to stop The Furies?

He had to talk it over with the others.

He turned off his computer, and went back to catch a few zzzs before the other awoke.

Everyone expected him to have all the answers. He didn't have them, but he was doing his best. Since he became leader, life was like that.

CAPÍTULO 27
SALA ROJA

E-Z estaba en una habitación roja. Una habitación que olía a sangre. El fuerte olor a hierro le hirió la nariz y se la tapó con la mano, luego avanzó unos pasos. Sus pasos dejaban marcas en el suelo ensangrentado. ¿Dónde estaba? ¿En el infierno? Al menos aquí tenía la posibilidad de correr, pero ¿hacia dónde? No había puertas. Ni ventanas. Ni luz de ningún tipo y, sin embargo, podía ver que todo era rojo. Y húmedo.

Sacó su teléfono y pulsó la aplicación de la linterna. Con el haz de la linterna siguió las paredes a su alrededor. Todas eran iguales. Sangrientas y goteantes. Y apestosas. Esperó. Pedir ayuda no parecía algo inteligente. Estaría mejor si lo que le hubiera traído a este lugar no viniera a su encuentro. Prefería no encontrarse con ellos. El haz de la linterna se apagó y su teléfono se quedó sin batería. Temeroso de moverse, se quedó inmóvil y escuchó.

Algo se arrastraba. Deslizándose, por el suelo. Uno bajaba por la pared de la derecha y otro por la de la izquierda. Tres. Serpientes.

Entonces el aire de la habitación cambió, y un olor familiar. A podrido. A huevo. Sulfuroso. Carcoma putrefacta.

Se tapó la nariz. Como antes, no enmascaró el repugnante hedor.

Esperó.

Lo querían solo. Lo tenían. Se aseguraría de que se arrepintieran aunque fuera lo último que hiciera.

"Podríamos desayunarte", gritó Tisi.

"O de almuerzo", dijo Alli. "Después de todo, tengo un poco de hambre".

"O el té de la tarde, no hay mucho de él. No para que lo compartamos tres", dijo Meg.

E-Z concentró cada fibra de su ser en sus alas. Eran su única esperanza de escapar y eran inútiles.

"¡Mira!" chilló Meg. "Está intentando utilizar sus pequeñas alas".

Tisi y Alli se elevaron. Meg se unió a ellas mientras planeaban justo fuera de su alcance.

Bajo sus pies, el suelo temblaba y retumbaba. Como si fuera a abrirse y tragárselo. Retrocedió para apoyarse en la pared. Pero cuando la tocó, sintió la camisa húmeda. Y cuando puso la mano sobre ella, volvió a cubrirla de sangre.

"¡No tengo miedo, de vosotras tres, zorras!", gritó.

"Quizá no nos tengas miedo -todavía-". chilló Meg.

"Pero lo tendrás muy pronto", siseó Tisi.

"Por ahora, puedes ocuparte de estas tres", susurró Meg, cuyo aliento fétido casi le hizo vomitar.

Las tres serpientes, aprovechando la ventaja de la altura, saltaron hacia él. Sus lenguas bífidas siseaban y escupían. Luego empezaron a enroscarse unas en otras. Uniéndose, entrelazándose. Hasta que se convirtieron en una serpiente gigantesca, con tres cabezas y tres látigos. Látigos que chasqueaban en dirección a E-Z para sujetarle.

Se empujó hacia atrás. Oír el chapoteo de la sangre a su espalda le reconfortó de algún modo. Su cuerpo se relajó mientras su espalda se hundía en la esquina contra la pared que goteaba sangre.

"Mírale", dijo Tisi. "Es sólo un niño y no ha hecho daño a nadie. De hecho, es tan bueno que es una pena que tengamos que destruirlo".

"Sí, su corazón es puro", dijo Meg. "Pero tiene una mancha negra en el corazón. Una mancha de venganza que le gustaría tomar contra los responsables de la muerte de sus padres".

"¡No hables de mis padres!" gritó E-Z, empujándose aún más contra la pared ensangrentada. Tenía miedo. Temía que lo que decían fuera cierto. Cerró los ojos. Si no podía verlos, tal vez desaparecerían. Entonces algo detrás de él cedió. Y cayó en caída libre, hacia atrás. Dando tumbos. Cayendo.

THUMP

Aterrizó en su silla de ruedas y salieron volando.

De vuelta a la Habitación Roja, ¡las Furias estaban furiosas!

"¡Ve a por él!" gritó Tisi.

"¡A por él!" gritó Meg.

"¡Es demasiado tarde!" dijo Alli. "¡Es como si se hubiera desvanecido!"

"Volvamos al Valle de la Muerte", dijo Meg. Se marcharon, dejando La Habitación Roja vacía. Pero su hedor aún persistía.

THUMP

"Está sangrando", dijo Sam. "Llevémosle al baño. Podemos ver lo mal que está herido". Sam empujó la silla de ruedas hacia la puerta.

"¡No, para!" dijo E-Z. "Estoy bien. La sangre no es mía. Pero necesito asearme. Para lavarme el hedor. Luego te explicaré lo que ha pasado. Te lo prometo".

"Siempre que estés segura de que estás bien", dijo Sam.

Cuando se marchó, a Sam, Lia y Alfred no se les ocurrió nada que decirse. Esperaron en silencio a que volviera.

En el cuarto de baño, E-Z colocó su silla de ruedas en la rampa. Cuando reconstruyeron la casa, el tío Sam inventó una nueva ducha para él. Le daba más independencia. Y era divertida. Parecida a un lavado de coches.

Levantó la mano y pasó los brazos y el cuello por las correas. Pulsó un botón para que él avanzara, y su silla le siguiera. Inmediatamente el agua empezó a fluir.

Limpiando su cuerpo y su ropa simultáneamente. De vez en cuando salía un chorro de gel de ducha o champú, seguido de agua para lavarlo.

Ahora que estaba limpio, siguió avanzando y puso en marcha el mecanismo de secado. Le secó a él y a su ropa y los dejó sin arrugas en cuestión de minutos.

Cuando llegó al final, se desconectó de las correas y se dejó caer en la silla. Se miró en el espejo. Su pelo ya tenía tan buen aspecto que ni siquiera tuvo que peinarlo. Se dirigió a su habitación. Cuando vio a sus amigos, se le revolvió el estómago y vomitó.

"Lo siento", dijo. "Lo siento mucho".

Lia y Alfred lo abrazaron. No se preocuparon por el vómito. Los amigos devotos no se preocupan por esas cosas.

Sam fue a buscar un cuenco y agua para limpiar a su sobrino.

E-Z agradeció la ayuda y eso le dio tiempo para pensar qué iba a decir y cómo lo iba a decir.

"Gracias, tío Sam. Lo que tengo que decirte. No es bonito".

"Continúa", dijo Alfred.

"Estamos aquí por ti", dijo Lia.

"Toma asiento, tío Sam".

Enumeraron todo sin decir una palabra.

"Me apunto", dijo Alfred.

"Yo también", dijo Lia.

"Yo tres", dijo Sam.

"De acuerdo", dijo E-Z. Y un segundo después, estaba de camino de vuelta a la sala blanca. O eso esperaba.

Cualquier sitio era mejor que la habitación roja. Cualquier sitio.

CAPÍTULO 28
LA SALA BLANCA

La habitación blanca parecía de algún modo diferente cuando sus pies tocaron el suelo.

E-Z se sintió muy feliz de volver a la comodidad de la habitación blanca. Donde podía pasear. Tocar los libros. Oler los libros. Pero algo le resultaba extraño. Apagado.

Se estabilizó. Notó que le temblaban las manos. Le temblaban las rodillas. Ahora le castañeteaban los dientes.

Se rodeó con los brazos deseando haber traído la chaqueta. Esperó a que llegara una. No llegó.

"¿Qué es este lugar?", preguntó.

No hubo respuesta.

"Hamburguesa con queso y patatas fritas", dijo.

No hubo respuesta.

"Chop suey, con rollito de huevo", dijo, con más autoridad.

"¡Exijo saber dónde estoy!", gritó.

Nada.

Nadda.

"¿Rosalie?", llamó. "¿Estás ahí? ¿Eriel? ¿Rafael? ¿Alguien? ¿Hadz? ¿Reiki?"

Otra vez nada.

Ni siquiera un educado PFFT que le hiciera relajarse.

La familiaridad de los libros era el único anclaje que le mantenía en este lugar. Se dirigió a la escalera, la movió bajo las D. Esperando encontrar a Charles Dickens, empezó a subir. En lugar de eso, descubrió que todos y cada uno de los libros que tocaba estaban relacionados con el mundo del juego.

¿Pero qué?

Y ninguno de los libros tenía alas. Todos eran nuevos. Como si nadie los hubiera abierto antes.

Casi se cae de la escalera cuando una voz dijo,

"E-Z Dickens: ésta no es la habitación blanca que conoces. Es una réplica. Te han enviado aquí para investigar. Todos los libros que necesites están a tu alcance. Cada libro debe ser leído y revisado en su totalidad".

"No puedo leer todos estos libros rápidamente; ¡tardaría años en leerlos todos!".

"Por eso, se te otorgará un poder adicional. Un poder que sólo fructificará entre las paredes de esta sala. Lee ahora. Rápido. Furiosamente. Memorízalo todo".

Cuando aquella voz terminó, empezó otra,

"Diez, nueve, ocho, siete, seis, cinco, cuatro, tres, dos, uno. Ahora, lee E-Z Dickens. Ponte a ello".

E-Z se apresuró a leer todos los libros.

Cuando terminaba uno, inmediatamente caía otro en sus manos. Luego otro, y otro.

Los leyó todos, hasta que ya no pudo leer más.

Esperaba que no le explotara la cabeza.

Entonces se dejó caer contra la pared, se arrinconó y lloró mientras un plan se formulaba en su mente.

La idea se le ocurrió cuando pensó en PJ y Arden. ¿Por qué Las Furias los habían puesto en coma en vez de en Atrapasalmas? Estaban en el juego, jugaban todo el tiempo, ¿por qué no matarlas?

El plan era el siguiente: Él y su equipo inventarían su propio juego multijugador. Sam conocería a gente que podría ayudarle en la industria. Cuando Las Furias se abalanzaran para reclamar sus almas, acabarían con ellos.

Deseó que Arden y PJ estuvieran allí para jugar con él, porque le cubrirían las espaldas. Eso estaba bien, él les cubría las espaldas. Iba a salvarlos y a liberarlos.

Se paseó de un lado a otro, pensando en todo. Un aspecto no funcionaría. Si se enfrentaba a él en un juego, y se negaba a matar, irían a por él. Y podría poner en peligro a otros.

No es que pudiera decir a todos los jugadores del mundo que dejaran de jugar. Si les contaba la verdad, lo de las tres diosas que intentaban robarles el alma, lo encerrarían.

Aun así, era la única idea. El único camino claro que veía para vencer a Las Furias en su propio juego.

Resignado a que no se le ocurriera nada mejor, dijo: "Sacadme de ahí".

Y sin más, se quedó solo en la auténtica habitación blanca con Rosalie y Raphael. Se preguntó dónde estaría Eriel, no es que lo echara de menos.

"Vale, tengo una idea. Una especie de plan", dijo. "Pero no estoy seguro de que funcione. Necesito las respuestas a dos preguntas. Y tengo una petición para una tercera: la petición no es negociable".

"Pregunta", dijo Rafael.

"Número uno: ¿podré salvar a mis mejores amigos PJ y Arden si nos enfrentamos a Las Furias?".

Rafael dudó antes de hablar. "Si tienes éxito, no hay razón para que tus amigos no se salven".

"¿Te lo juro?", dijo.

Ella lo hizo.

"Como sospechaba, su estado se debe a Las Furias. ¿Es eso cierto?"

"Sí, creemos que es cierto. En cierto modo, tus amigos tienen suerte porque sus almas permanecen intactas. Lo que no podemos averiguar es por qué, eso si fueron objetivo de Las Furias. En todos los demás casos que conocemos, han tomado las almas de niños. No sabemos de otros como tus amigos que permanezcan vivos en estado comatoso".

"Yo también tengo una idea al respecto, pero lo que necesito saber es: si Las Furias son derrotadas, ¿qué ocurrirá con PJ y Arden? ¿Qué ocurrirá con todos los niños cuyas almas ya están en los atrapasalmas? Se suponía que no iban a morir. ¿Y qué ocurrirá con las almas sin hogar?".

"Ahora mismo, Las Furias están utilizando el poder de Internet. Les da acceso a los corazones y a los hogares de todas las personas del planeta. Es como si todos hubierais dejado vuestras puertas y ventanas abiertas, así que cualquiera puede entrar. Es cierto que sólo hay tres Furias, pero sus poderes son enormes. Son criaturas míticas, diosas cuyos orígenes se remontan a Zeus. Has oído hablar de Zeus, ¿verdad?".

"He leído que era el dios del cielo y padre de Las Tres Gracias. ¿Podrían ayudarnos, si las trajeras de vuelta?"

"Zeus no está en esto. Tampoco sus hijas. Los arcángeles no jugamos con el tiempo. Y siempre hemos creído que los Cazadores de Almas eran sagrados. Intocables. Hasta ahora".

"Genial, así que crees que mis amigos han sido objetivo de Las Furias, pero no estás realmente seguro. No más que yo, ¿verdad?

"Correcto. Eso es porque no puedo decir al cien por cien sí o no. Si tus amigos estaban jugando. Me refiero a matar dentro de los juegos... Entonces cumplirían los criterios de Las Furias.

"Pero si las quisieran muertas... ya estarían muertas. A menos que... no, eso no tendría sentido. Significaría que saben de ti y de tu equipo. Es imposible que lo sepan. Lo hemos mantenido en secreto. Si lo supieran, mantendrían vivos a tus amigos por si necesitaran influencia".

"¿Quieres decir como moneda de cambio?"

"Posiblemente, la verdad es que no lo sé. Como he dicho, hemos mantenido en secreto todo lo relacionado contigo y con tu equipo. Nosotros, incluyéndome a mí y a los demás Arcángeles, haríamos cualquier cosa para protegerte.

"Las Furias han recibido poderes a lo largo de los siglos. Pero nunca se han dirigido contra niños inocentes. Nunca han tergiversado su agenda para adaptarla a sus propios fines".

"¿Cuáles son sus propósitos?" preguntó E-Z.

"Eso no lo sabemos".

E-Z dijo: "Por eso necesitamos tener la mejor oportunidad, para ganarles".

"Exacto, pero cada día roban más almas de niños, y están acelerando el proceso".

"¿Cuánto se acelera? preguntó E-Z.

"En miles, creemos, pero pronto serán millones. Pronto será demasiado tarde para detenerlos".

"De acuerdo, comprendo el riesgo que corremos, pero sólo somos niños y no queremos entrar a ciegas. Somos mortales y ellos también. Tenemos que pensar, considerar todas las opciones antes de arriesgar nuestras vidas".

"Lo entendemos y, como he dicho, os cubriremos las espaldas".

"Ahora paso a mi siguiente pregunta, quiero saber qué se supone que debo hacer con un Charles Dickens de diez años".

"Ah, eso", dijo Rafael. "En primer lugar, no tenemos nada que ver con su reencarnación. Tenemos una teoría, además de la que te hemos contado, es decir, que tú le invocaste. Nos preguntamos si su regreso, fue un error por su parte. Quizás el universo se abrió y le envió para ayudarte, como un equilibrio. Al fin y al cabo, es un pariente consanguíneo. Y es un narrador y un maestro de la trama. Puede que tenga herramientas y conocimientos que aún no conoces para ayudarte a vencer a Las Furias".

E-Z eligió cuidadosamente sus palabras. "Pero es un niño. Aún no ha escrito nada. Será una distracción y es de otra época y podría ponernos a nosotros y a nuestra misión en peligro".

"Depende", dijo Rafael. "Podría ser un arma secreta. Está aquí, por ti. Si crees en él. Que ha nacido para ser escritor. Entonces, a los diez años ya tendrá todas las habilidades necesarias. Utilízalo en tu beneficio si así lo decides".

E-Z apretó los puños. "¿Estás diciendo que deberíamos utilizar a mi primo como cebo?".

Raphael se rió y revoloteó, provocando una brisa innecesaria.

"Ayudaría que dejaras de aletear tanto", dijo Rosalie. "Estoy abrigada con jerséis, y aun así no consigo entrar en calor aquí. Por cierto, ahora me gustaría irme a casa. E-Z y los demás están de acuerdo, así que ya he hecho mi parte. Ahora, hasta la vista, adiós. Déjame ir a casa".

BINGO.

Rosalie desapareció y aterrizó en su habitación. Conversó con Lia en su mente, diciéndole que había regresado ilesa y que ahora iba a echarse una siesta.

E-Z pensó en otro requisito innegociable.

"Quiero a Hadz y a Reiki conmigo, en nuestro equipo".

Rafael sonrió. "Hadz y Reiki están unidos a Eriel por nuestro líder Miguel".

"Déjame hablar con él entonces. Esos dos nos han ayudado. Acuden cuando les llamo. Si vamos a luchar contra el mal antiguo, necesitamos a esos dos de nuestro lado para que nos ayuden."

"Miguel no puede hablar contigo. Sin embargo, le plantearé tu petición. Si lo considera necesario, me lo hará saber y yo, a mi vez, te lo haré saber a ti. ¿Hay algo más?"

"Sí. Necesito saber cómo librarme de Las Furias. ¿Debemos matarlas? ¿Enviarlos de vuelta a su lugar de origen? ¿Qué es exactamente lo que nos pides que hagamos con estas diosas?"

"Atadlas, retenedlas... y nosotros haremos el resto. Si tu plan funciona, podremos tomar el control de los Cazadores de Almas. Volveremos a dejar todo como estaba".

"¿Y los que murieron prematuramente?"

"Todos serán igualados... una vez que los enemigos hayan sido neutralizados".

"Antes de que me envíes de vuelta", dijo E-Z, "necesito algo, algún seguro de que no volverás a cruzarte con nosotros. Darnos a Hadz y a Reiki debía ser ese seguro, pero como no podéis darme eso, necesito otra cosa. Algo que pueda llevar a los demás y decirles: esto es una prueba de que no renegarán de nosotros como han hecho en el pasado".

"¿Como qué?"

"Tus gafas bastarán", dijo.

Raphael cayó de rodillas, sus alas dejaron de batir y retrocedió. "Eso no, cualquier cosa menos eso", gritó. "Sin mis gafas no soy de ayuda ni para ti ni para nadie".

"Los arcángeles han retenido aquí a Rosalie contra su voluntad. La han utilizado para llegar hasta mí. Han cambiado de opinión sobre las promesas hechas, han cancelado mis juicios..."

Se tocó el borde de las gafas y luego se las quitó. En sus manos, las gafas se convirtieron en una serpiente, una serpiente roja que se arrastró hasta el brazo de E-Z, y se deslizó hacia arriba, hacia arriba, hacia arriba.

"¡Qué demonios!" gritó E-Z, mientras la serpiente seguía subiendo por su cuello. Por encima del borde de la barbilla. Se deslizó sobre sus labios fuertemente cerrados. Por encima de la nariz. Luego se partió por la mitad y envolvió cada oreja con un extremo. Luego volvió a su estado original pulsando las gafas.

"Mis gafas son tuyas ahora, hagas lo que hagas, no dejes que Las Furias te las arrebaten. Si eso ocurriera, todos seríamos destruidos".

"¡Espera!", dijo la voz de la pared. "¿Y si fracasáis? Al fin y al cabo sólo sois niños".

"No puedo prometer el éxito, pero lo daremos todo. Pero sería bueno saber que, si necesitamos tu ayuda, utilizarás tus poderes para ayudarnos".

"Trato hecho", retumbó la voz.

E-Z estaba de nuevo en su silla de ruedas, en su habitación, con las gafas rojas pulsándole en la cara.

"Tienes que dejar de hacer eso", dijo el tío Sam, que estaba haciendo la cama de su sobrino. "Antes de que se me olvide, Sam y yo hemos visitado hoy a PJ y Arden mientras hacíamos una revisión en el hospital. Nos hemos encontrado con el padre de PJ; nos ha puesto al día. Ahora comparten habitación en el hospital, pero el estado de ninguno de los dos ha cambiado".

"Gracias, iba a llamarles. Muy bien, reuníos todos".

CAPÍTULO 29

¿Y AHORA QUÉ?

"¿Necesitas que me quede?" Sam hizo una pausa. "Porque mi mujer está esperando que le dé un masaje en los pies. El bebé nacerá cualquier día, así que hacerla esperar no es una opción".

"Adelante, ocúpate de ella", dijo E-Z. "Te contaré los detalles más tarde".

Lia abrazó a Sam.

"Gracias", dijo Sam mientras cerraba la puerta tras de sí.

Sonó el timbre de la puerta principal.

"¡Ya lo tengo!" gritó Sam, mientras corría hacia la puerta principal.

"Tiene mucho trabajo", dijo E-Z.

"Será más fácil cuando llegue el bebé", dijo Lia.

"Será más caótico", dijo Alfred. "Pero no nos preocupemos por eso ahora".

"Entonces, ¿qué es lo último?" preguntó Lia.

"Empieza por lo positivo, si es que lo hay. Espero que los haya", dijo Alfred.

"La buena noticia es que tengo una idea. La triste es que no sé si funcionará contra nuestros enemigos. Se les conoce como Las Furias. ¿Alguno de vosotros ha oído hablar de ellas? Conocía el nombre por la mitología, y aparecen en algunos juegos".

Lia negó con la cabeza.

Alfred dijo: "He oído hablar de ellas, pero fue hace mucho tiempo. Creo que leímos sobre ellos en el instituto, en aquellos tiempos. Recuerdo que eran malvadas. ¿Tal vez tres? ¿Y no son diosas? Tengo una imagen de Medusa en la cabeza. ¿Estaban emparentadas?"

"Son peores. Mucho peores porque son tres", dijo E-Z. "Cuando vomité, bueno, fue justo después de mi segundo encuentro con ellas. El primer encuentro fue en un viaje con Hadz y Reiki. Lo que ellos llamaban un pequeño reconocimiento. Y no te preocupes, íbamos camuflados, pero aprendí mucho. Han establecido su cuartel general en el Valle de la Muerte.

"Como sospechábamos, su objetivo son los niños. En el mundo del juego. Lia, preguntaste cuál era su objetivo... Es llevar a los niños al límite. Niños de nuestra edad, e incluso más jóvenes.

"Una vez que los consiguen, les roban el alma. Y las meten en Cazadores de Almas destinados a otras personas. Así, cuando mueren, sus almas no tienen adónde ir".

"¡Eso es tan malvado!" dijo Lia.

"Entonces, cuando los verdaderos propietarios de los Atrapasalmas mueren, ¿qué ocurre con sus almas? Es decir, si sus almas no tienen adónde ir -ni hogar ni cielo-, ¿qué les ocurre?". preguntó Alfred.

"Ésa es la cuestión. No tienen un lugar de descanso eterno, así que cuando mueren, se quedan flotando. Ésa es la versión resumida. Y tenemos que detener a Las Furias y tenemos que detenerlas pronto".

"¿Cómo se llevan las almas de los niños? No lo entiendo", preguntó Lia.

"Yo tampoco", dijo Alfred. "Los niños, sobre todo los que juegan, saben mucho de informática. ¿Cómo se están poniendo en peligro? ¿Cómo consiguen Las Furias acceder a ellos en sus propias casas, delante de las narices de sus padres?". Pensó un momento: "¿Son responsables de que PJ y Arden estén en coma?".

"Vale, primero la pregunta de Lia. Las Furias castigan a los impunes, ése ha sido su propósito históricamente. Su arma principal siempre ha sido el remordimiento. Hacen que la gente se sienta culpable. Que se arrepientan de haber hecho el mal. Y cuando lo consiguen, toman el control. Los vuelven locos, hacen que se destruyan a sí mismos.

"¿Te hablé del chico que vino a mi casa e intentó dispararme? Dijo que alguien del partido le dijo que matarían a su familia si no me mataba. Consiguieron que fuera a por mí, debido a las acciones que realizaba dentro del juego. Me hizo falta una indirecta de Eriel para establecer esa conexión. Me pareció raro en ese momento, pero no lo recordé enseguida.

"Así es como lo hacen. Un niño está jugando a un juego y, para avanzar en él, debe matar a alguien, o incluso cometer un asesinato en masa, o, bueno, ya te haces una idea. En el mundo real, estas cosas son pecados y van contra la ley, dentro del juego forman parte del juego. En la mayoría de los juegos es el único propósito".

"Un momento", dijo Alfred. "¿Me estás diciendo que castigan a los niños en el juego como si cometieran un asesinato en la vida real?".

"Así es", dijo E-Z. "Eso es exactamente lo que están haciendo. Utilizan la industria del juego para justificar... no, no creo que sea la palabra adecuada. Me refiero a aprobar sus acciones al arrebatarles el alma a los niños".

Lia cerró las manos y las cerró en puños. Luego las utilizó para taparse los oídos como si no quisiera oír más. "Tienes toda la razón, E-Z. No tenemos elección, tenemos que acabar con esas brujas. Cuanto antes, mejor".

"Lo sé", dijo E-Z, "pero no va a ser fácil. Son diosas, también conocidas como Las Hijas de la Oscuridad y Erinyes. Su propósito número uno es castigar a los malvados y, en el ámbito de un juego, todos son malvados. Es la única forma de avanzar en el juego".

"Dijiste que tenías un plan, ¿cuál es?" preguntó Alfred.

"En primer lugar, para responder a tu pregunta sobre PJ y Arden. Mi instinto me dice que la respuesta es sí. Pero le pregunté a Raphael si podía confirmarlo. Dijo que no podía afirmarlo al cien por cien. Ya que Las Furias nunca -que ellas supieran- habían dejado de robar un alma. Por no hablar de dos almas.

"Ah, otra cosa que tengo que decirte es que en el Valle de la Muerte hay miles de Cazadores de Almas. Quizá más de miles y en número que aumenta cada día. Están tan lejos como alcanza la vista". Se detuvo, como si tuviera el corazón en la garganta, y se enjugó una lágrima.

"Fue difícil ser testigo de ello. Lo que están haciendo es tan premeditado, deliberado. Sin embargo, lo que no puedo entender es qué ganan con ello. Hadz y Reiki hicieron bien en llevarme allí para verlo. Si me lo hubieran dicho, sin enseñármelo... no me habría afectado tanto. Ah, y Rafael dice que están aumentando su consumo diariamente. Así que no tenemos mucho tiempo para sentarnos a pensar. Necesitamos un plan y actuar".

"¿Son mortales?" preguntó Alfred.

"Sí, estamos al nivel de eso", dijo E-Z. "Así que el plan que se me ocurrió fue crear un juego propio. El Tío Sam podría ayudarnos. Cuando esté jugando a alardear de muertes, entonces Las Furias vendrán a por mí. Cuando lo hagan, las atraparemos y las mataremos en el juego.

"Pensé que sus poderes podrían disminuir en el juego. Pero entonces se me ocurrió: ¿y si los míos también lo hacen?".

"No lo sabríamos hasta que fuera demasiado tarde", dijo Alfred.

"Así es. Cuanto más lo pensaba, menos eficaz me parecía la idea. Por no mencionar que, si tienen a PJ y a Arden, atrapados en el limbo, hasta que los controlen... Bueno, podrían quitarles el alma. Y los perderíamos".

"¿Quieres decir que podría ser una trampa?" preguntó Lia.

"Exactamente".

"Nos has dado mucho en qué pensar", dijo Alfred. "Creo que deberíamos consultarlo con la almohada, meditarlo y volver a hablar de ello mañana".

"No estoy segura de si podré dormir", dijo Lia, "pero estoy de acuerdo, tomémonos un descanso. Necesito tiempo para pensar en el peligro en que nos vamos a meter. Tenemos que asegurarnos de que nos cubrimos las espaldas mutuamente".

"Claro que sí", dijo E-Z. "Mientras tanto, veré si se me ocurre un Plan B".

Lia salió de la habitación y cerró la puerta tras de sí.

"Me pregunto quién estaba en la puerta principal". preguntó E-Z.

"Podemos preguntarle a Sam por la mañana, probablemente siga ocupado atendiendo los pies de su mujer".

Se rieron. "Me parece un buen plan", E-Z. "Buenas noches, Alfred".

"Buenas noches, E-Z".

CAPÍTULO 30

OOOH, BABY BABY

"¡Ya viene el bebé!" gritó Sam unas horas más tarde.

Mientras bajaba por el pasillo, sujetaba la mano de Samantha con una mano. Colgada del hombro llevaba una bolsa de viaje. Cogió las llaves del coche.

"No vas a conducir, amor", dijo Samantha, volviendo a dejar las llaves sobre la encimera.

E-Z salió al pasillo. "¿Quieres que te acompañemos?"

"Estoy bien", dijo Samantha. "Lia sigue profundamente dormida".

"La despertaré y nos reuniremos contigo en el hospital, ¿vale?".

Lia miró por encima del hombro: "Ya he llamado a un taxi. No va a conducir".

Sam sonrió: "Es la jefa".

"Hasta pronto", dijo E-Z. "Por cierto, ¿quién estaba en la puerta anoche?".

"Era Rosalie. Estaba agotada, así que la pusimos en la habitación de invitados".

"Vale, gracias", dijo E-Z.

Mientras rodaba por el pasillo hacia la habitación de Lia, preguntándose qué hacía Rosalie allí, llamó a la puerta.

"Soy yo, Lia", dijo. "Tu madre y el tío Sam van al hospital. Ya viene el bebé".

Primero se oyó un estruendo y luego Lia abrió la puerta. La lámpara de su mesilla estaba en el suelo, junto a la cama. "Estaré lista en un segundo", dijo. Cerró la puerta.

Se dirigió a la habitación de invitados. Miró dentro y Sam tenía razón, Rosalie estaba profundamente dormida. Volvió a su habitación, se vistió e intentó no despertar a Alfred. Los cisnes no estaban permitidos en el hospital, así que despertarlo sería mezquino: se sentiría excluido. Escribió una nota diciendo que Rosalie dormía en la habitación de invitados y que la cuidaran hasta que volvieran. Dile que se sienta como en casa, escribió. Dejó la nota para que Alfred no la echara de menos cuando se despertara.

E-Z cerró la puerta tras de sí y echó el pestillo, luego él y Lia subieron al taxi que les esperaba y se dirigieron al hospital.

Siguieron las señales y pronto encontraron la sala de bebés. Sam estaba allí, paseándose arriba y abajo como hacen los futuros padres en la televisión.

"¿Cómo lo llevas? preguntó E-Z.

"¿Cómo está mi madre?" preguntó Lia.

"Gracias a los dos por venir", dijo Sam. Le tembló la mano cuando intentó beber un trago de agua de una botella. "Samantha está muy muy bien. Quiero decir que ya ha pasado por esto antes contigo, Lia, así que sabe qué esperar y yo estoy. Bueno, no sé si podré soportarlo. El curso que hicimos para prepararnos para hoy estuvo bien, pero la realidad es muy distinta. Odio los hospitales".

"Todo el mundo odia los hospitales", dijo E-Z. "Pero cuando entran por esas puertas batientes Y dicen que te necesitan... Entonces tienes que recomponerte y entrar ahí a ayudar a tu mujer. Recuerda que sois un equipo, que estáis juntos en esto. Podéis hacerlo". Le dio una palmada en la espalda a su tío.

"Lo sé".

Lia apoyó la cabeza en el hombro de Sam. "Lo harás muy bien".

Llegó una enfermera. "Tu mujer te necesita. No tardará mucho. Te llevaré a que te laven y luego podrás estar con tu mujer cuando la bajemos".

Sam asintió y se marchó.

La última expresión de su rostro recordó a E-Z la de alguien ante un pelotón de fusilamiento.

"Se pondrá bien", dijo Lia, acariciando la mano de E-Z.

Horas después, Sam volvió con una amplia sonrisa. "Tengo otra hija", dijo, "¡y un hijo!".

"¿Dos bebés?" dijeron Lia y E-Z al unísono.

"Sí, dos. Sólo vimos uno en el escáner".

"¿Cómo está mi madre?"

"¡Está estupenda! Asombrosa".

"¿Podemos verla? ¿Y a los bebés?"

"Dales unos minutos, para que preparen las cosas. Luego podrás conocer a tu hermano y a tu hermana Lia, y E-Z a tus primos".

"¿Ya sabéis cómo los vais a llamar?" preguntó E-Z.

"Sí, pero os lo diremos juntos".

"Me parece bien", dijo E-Z.

"Dos bebés, en esa casa, con todos los demás", dijo Lia.

"Estaba pensando lo mismo. Ya tenemos la casa llena... pero nos las arreglaremos. Siempre lo hacemos".

Se sentaron juntos y esperaron.

EPÍLOGO

Semanas más tarde, era 17 de enero. La Navidad había llegado y se había ido con toda la pompa y el esplendor habituales, lo mismo que la entrada en el nuevo año. E-Z era un año más mayor, cumplía dieciséis y la pandilla estaba reunida en su habitación. Charles Dickens se unió a ellos a través de Facetime.

Al fondo del pasillo, los gemelos Jack y Jill armaban jaleo. Sam y Samantha aún se estaban acostumbrando a la rutina de los recién llegados. Nadie en la casa había dormido mucho, hasta que abrieron sus regalos de Navidad. E-Z, Lia e incluso Alfred recibieron auriculares que bloqueaban el sonido.

E-Z había estado pensando en otras formas de derrotar a Las Furias. Además de su idea de ir a por ellas en el juego. Se presentaban pocas opciones más.

Mientras los demás dormían, había mantenido algunas conversaciones con Charles por Internet.

Charles pensaba que vencerles en su propio juego sería "totalmente genial". '

A E-Z le preocupaba un poco qué otras frases le estaban enseñando a Charles aquellos detectives. Juntos decidieron poner al grupo al corriente de sus conversaciones sobre cómo avanzar en la idea del juego.

"Es fácil", dijo Charles Dickens. "E-Z y yo hablamos por teléfono el otro día y se nos ocurrió lo que podría funcionar. Si tienen alguna información sobre Los Tres -es decir, estáis por todo Internet- sabrán de vosotros. Pero no sabrán nada de mí.

"No es que me tengan miedo. Aunque Edward Bulwer-Lytton escribió una vez: 'la pluma es más poderosa que la espada'. En este caso, espero que sea cierto.

"Así que he estado practicando con mis amigos los detectives. Pensamos que el mejor juego para introducirlos es un juego ya existente. Y creemos que conocemos el juego perfecto.

Se llama "La tripulación PK". La clasificación del juego es 13+ o 12+ en algunos lugares y es gratuito. El motivo del juego es matar a todo el mundo, incluidos tus familiares y amigos. Te recompensan por cada muerte, pero cuando matas a gente cercana a ti, incluso consigues más puntos. Más dinero. Incluso notoriedad dentro del juego. Tu foto en la televisión PK TV. En la portada del periódico The Peachy Keen Times. El juego transcurre en una ciudad ficticia llamada Peachy Keen. Es la trampa perfecta, y es un juego que vamos a lanzar nosotros mismos. Yo jugaré como un niño de doce años, ellos entrarán en el juego y vosotros ya estaréis dentro".

"Será lo bastante seguro", dijo E-Z, "quiero decir que ya estás muerto -me refiero a tu vida pasada-, así que no pueden matarte".

Llamaron a la puerta. "Está abierta", dijo E-Z.

Lia se levantó de un salto y abrazó a Rosalie. "Me alegro de verte despierta", dijo mientras se acurrucaba en el grueso jersey de su amiga.

Rosalie se había convertido en una parte importante de su equipo. Sin embargo, sólo podía quedarse con ellos un día más. Después, tendría que volver a casa.

Cuando cruzó la habitación para sentarse, le dio una palmadita en la cabeza al cisne Alfred. Se habían hecho muy amigos desde que ella llegó antes que los bebés.

"Tengo algunas cosas que deciros. En primer lugar, gracias por acogerme tan bien. Ha sido maravilloso verte y gracias por hacerme sentir parte de tu equipo".

"Ahhhhh", dijo Lia.

"Lo que tengo que deciros es que he estado escribiendo en un libro sobre otros niños con poderes especiales como vosotros. Está en el cajón de mi mesilla de noche. La próxima vez que vengáis de visita, os lo daré para que podáis ir a buscar a los demás para que os ayuden a vencer a Las Furias".

"Necesitaremos toda la ayuda posible", dijo Lia.

"Raphael y Eriel creen que pueden ayudarte, por eso querían que les diera detalles. Por eso lo escribí, para no olvidar nada importante".

"¿Por eso Rafael y Eriel te llevaron a la habitación blanca?". preguntó E-Z.

"Sí y no. Quiero decir sí. Saben lo de los otros niños. Pero no, no me pidieron directamente que les diera información sobre ellos. Sé que estos chicos son importantes para ti y que sin ellos no podrás vencer a Las Furias".

"¿Qué sabes de Las Furias?" preguntó Alfred.

Rosalie se estremeció y se cruzó de brazos. "Sé algunas cosas sobre ellas. Por ejemplo, que son tres hermanas terroríficas que han vuelto a la Tierra para no hacer nada bueno".

E-Z dijo: "No bromeas. He visto de primera mano el daño que han hecho hasta ahora. Estamos elaborando un plan. Pero dinos, ¿dónde están esos otros chicos? ¿Crees que nos ayudarán? Eso si conseguimos encontrar la forma de traerlos aquí".

"Son buenos chicos, pero tendrías que pedirles permiso a ellos y a sus padres. Uno está al otro lado del mundo, en Australia, otro en Japón y el otro en Estados Unidos, en Phoenix, Arizona. Puede que haya otros, pero estos tres son los únicos con los que he tenido contacto hasta ahora", dijo Rosalie.

"Por otra parte, traer a nuevos chicos complicará las cosas", dijo E-Z. "Además, si fracasamos, no habrá nadie que nos sustituya. Quizá sea mejor que lo gestionemos nosotros mismos, con la menor exposición posible. Si podemos hacerlo, es decir, eliminar a Las Furias, ¿por qué implicar a otros? ¿A desconocidos? ¿Por qué arriesgar la vida de otros chicos?".

"No hace mucho que todos éramos desconocidos", dijo Alfred.

"Yo sigo siendo un extraño, aunque seamos parientes", opinó Charles Dickens. "Pero yo no soy uno de Los Tres. E-Z está al mando y yo me conformo con hacer lo que él considere mejor. Los detectoristas dicen que soy un novato. Y es verdad".

Rosalie miró al chico de la pantalla. "No nos han presentado bien", dijo. "Soy Rosalie y estoy bastante segura de que soy más novata que tú".

Charles se rió. "Yo soy Charles Dickens".

"¿Alguna relación con, ya sabes, EL Charles Dickens?" preguntó Rosalie.

"Sí, soy él, reencarnado".

Rosalie se echó a reír. "Creía que lo había oído todo. Bueno, encantada de conocerte, Charles".

Llamaron con fuerza a la puerta principal.

Unos segundos después, unos pies calzados se abrieron paso por el pasillo contra las protestas de Sam.

"Rosalie", dijo el más corpulento de los dos hombres a través de la puerta cerrada. "Es hora de volver a casa. Necesitas tus medicinas, así que sal o tendremos que entrar a por ti".

Rosalie se puso en pie: "Parece que te he dicho todo lo que necesitabas saber y por los pelos". Se dirigió a la puerta, la abrió y salió con los ayudantes.

En la parte trasera de la ambulancia, un minuto, y luego en la sala blanca. Las estanterías y los libros eran los mismos, pero el olor no. Antes no había olor, pero ahora era malo. Apestoso. Desagradable. Como a lejía y huevos podridos.

A través de la pared, entraron tres mujeres vestidas de negro de la cabeza a los pies. En lugar de pelo, tenían serpientes. Y más serpientes subían y bajaban por sus brazos. Volaron hacia ella. Sus alas de murciélago contrastaban con la pureza y blancura de la habitación. Les salía sangre de los ojos cuando agitaban sus látigos en su dirección.

Y su hedor era insoportable.

"Dinos lo que queremos saber", reprendieron las Furias al unísono.

"No sé qué me estáis preguntando", dijo Rosalie, tapándose la nariz.

LATIGAZO.

El chasquido del látigo rozó la piel de la mejilla de la anciana. Cuando se tocó la cara y se miró la mano, estaba cubierta de sangre.

"¿Sabes?", dijo Allie, mientras ella y sus hermanas agitaban de nuevo sus látigos cerca de la anciana.

"No sé a qué te refieres".

Una estantería se volcó. De no haber sido por la rápida escalera, Rosalie habría quedado aplastada bajo ella.

GOLPE.

Estoy soñando, pensó Rosalie. Tengo que despertarme. Necesito despertarme AHORA y alejarme de estas horribles criaturas apestosas.

Se cayó otra estantería.

Luego otra. Y otra más.

Pronto, la escalera también cayó al suelo y rebotó. Una, dos, tres veces. Luego se rompió en pedazos.

"¡Oh, no!" gritó Rosalie.

"Nos lo dirás amor", exigió Tisi, mientras levantaba a la mujer mayor del suelo mientras sus brazos serpenteantes la envolvían.

Los pies de Rosalie colgaban precariamente. Mientras las serpientes estrechaban sus garras alrededor de la parte superior de su cuerpo.

"Cuidado, hermana, le darás un infarto", chilló Meg acercándose a Rosalie. "Danos lo que queremos, amor".

"No te voy a decir nada. Me hagas lo que me hagas", dijo Rosalie.

Estaba siendo muy valiente. Porque sabía que no estaba sola. Lia estaba allí, escuchando.

"Esto es una completa pérdida de tiempo", dijo Allie mientras lanzaba un látigo al aire y derribaba toda una pared de estanterías. Unos cuantos libros alados lucharon por salir de debajo de las estanterías. Uno intentó volar con la única ala que le quedaba.

Tisi se volvió hacia la pared del fondo y prendió fuego a los libros. Cayeron, como fichas de dominó, encima de la pobre Rosalie, que quedó sepultada bajo los libros en llamas.

Las Furias rieron alto y orgulloso.

Rosalie pronunció mentalmente el nombre de Lia. ¿Dónde estás, Lia? preguntó. ¿Dónde estás pequeña?

De vuelta a la casa, E-Z abrió su portátil. "Vale, ya hemos podido consultarlo con la almohada. ¿Estamos todos de acuerdo en que no tenemos más remedio que luchar contra Las Furias?".

Lia y Alfred asintieron.

"Y tenemos que buscar a esos otros chicos y traerlos aquí. Somos tres y ellos son tres. Lia, tú ve a Phoenix: Little Dorrit puede llevarte o puedes volar en avión".

"Prefiero a Little Dorrit".

"Vale, el primer niño está clasificado. Aunque no sabemos su nombre ni dónde está exactamente en Phoenix, Arizona. Y tendrás que aclararlo con sus padres. No será fácil, ya que tendrás que hacerles saber en qué clase de peligro se va a meter su hija".

"Sí, tendré que pedirle más detalles a Rosalie".

"Alfred, puedes ir a Japón. Te sugiero que vueles; tendremos que resolver la logística. Tendrás que volar de vuelta con el chico, eso suponiendo que sus padres te den el visto bueno. De nuevo, necesitamos que Rosalie nos diga dónde está el niño. Y habrá una barrera lingüística, a menos que sepas japonés".

Alfred negó con la cabeza.

"Conseguiré un traductor".

"Te conseguiremos un teléfono y podrás poner una aplicación que haga las traducciones por ti. Habrá una curva de aprendizaje", dijo E-Z. "Sobre todo porque no tienes dedos".

"Me parece bien", dijo Alfred. "Tendré que empezar a trabajar pronto con el teléfono. No debería tardar mucho en averiguarlo. Mientras tanto, Rosalie puede decirle al niño que soy un cisne, para que no se caiga y se desmaye cuando me vea por primera vez".

"Es una buena idea", dijo Lia. "¿Pero cómo vas a escribir?".

"Puedo usar el pico".

"O un programa activado por voz", dijo E-Z.

"Genial", dijeron Lia y Alfred al unísono.

"Y volaré a Australia. Cogeré un avión de vuelta con el niño, pero será más rápido si voy directamente allí. Ah, y una cosa más, tenemos que pensar en una trampilla para nosotros. Alguna forma de salir, en caso de que uno o varios de nosotros seamos atrapados, muramos o salgamos heridos. Debemos estar preparados para todo. Si morimos antes de acabar con esto, no quedará nadie para recoger los pedazos".

"Los arcángeles", tartamudeó Lia, y luego se detuvo. Se estremeció y luego no pudo recuperar el aliento. Se rodeó con los brazos.

"¿Estás bien?" preguntó E-Z.

"Shhh", dijo ella. No había sonidos en la habitación ni en su mente, reinaba un silencio absoluto y total. Su ritmo cardíaco volvió a la normalidad, al igual que su respiración.

"Falsa alarma", dijo. "Pensé que algo iba mal, como si estuviera recibiendo un SOS, pero ahora todo parece estar bien".

"¿Ocurre a menudo?" preguntó Alfred.

"No", respondió Lia.

"Vale, empecemos a pensar", dijo E-Z. Y pasaron el resto del día haciendo una lista, concentrándose en lo que podía salir mal y en lo que podía salir bien.

Se fueron a sus habitaciones y durmieron.

Fue una noche tranquila para todos menos para Rosalie.

Rosalie, cuya voz no se oía.

Cuya voz no fue atendida.

No llegó ayuda.

La Habitación Blanca quedó destruida.

Nadie vino a salvar a Rosalie.

De las malvadas Furias.

Agradecimientos

Gracias por leer el tercer libro de la serie E-Z Dickens... Siento el triste final, pero a veces estas cosas pasan.

¡El cuarto y último libro estará disponible muy pronto!

Gracias una vez más a todas las personas que me han ayudado a hacer de esta serie todo lo que podía ser, como mis lectores beta, correctores y editores. ¡Felicidades!

A mis amigos y familiares, gracias por vuestro ánimo y apoyo.

Y como siempre, ¡feliz lectura!

Cathy

Sobre el autor

Cathy McGough vive y escribe en
Ontario, Canadá, con su marido, su hijo, sus dos gatos
y un perro.
Si quieres enviar un correo electrónico a Cathy, su
dirección es
cathy@cathymcgough.com.
A Cathy le encanta recibir
sus lectores.

También por

Milton Keynes UK
Ingram Content Group UK Ltd.
UKHW020740120224
437702UK00004B/24